Du même auteur

Dictionnaire de l'anglais du tourisme, Pocket, Paris, 1995
Cours de pratique du français oral, Messeiller, Neuchâtel, 1996
Dictionnaire bilingue du Rugby La Maison du dictionnaire, Paris, 1998 et 2019 (nouveau titre : *Sorry, good game !*)
Dictionnaire explicatif des verbes français, LMDD, Paris, 1998
Le Village magique, roman, Les Iles futures, 2001 et BOD, 2020
Les Roses du château, Les Iles futures, Pully, 2004 et BOD, 2020
Pratique de la conjugaison expliquée, BOD, Paris, 2019
Comment écrire une composition : 50 modèles pour apprendre à structurer un texte, Voxlingua, 2006 et BOD, Paris, 2019
Explanatory Dictionary of Spanish verbs, BOD, Paris, 2020
Práctica de la conjugación explicada, BOD, Paris, 2020
Le Don du pardon, théâtre, Voxlingua, 2006 et BOD, Paris, 2019
Voyage au pays des couleurs, conte, Voxlingua, 2008
Anthologie de théorie littéraire, Voxlingua, 2009
Anthologie de poésie française, Voxlingua, 2009 et BOD, 2020
Marée blanche à Biarritz, roman, Voxlingua, 2013 et BOD, 2020
Fatwa, roman, Bibracte, 2019 et BOD, Paris, 2020
Convaincre pour vaincre, BOD, Paris, 2020
Pratique du français oral, BOD, Paris, 2020

Edition Book on Demand
12/14 rond-point des Champs-Élysées, 75008 Paris
Impression BoD – Books on Demand.
Norderstedt, Allemagne
ISBN : 9 782322 198696
Dépôt légal : février 2021

Bertrand Hourcade

Le goût du poison

Drame

Personnages

Le goûteur
Le comte
La comtesse
Le chef
Firmin

Acte I

Scène 1

Le comte / Firmin

Un homme est assis sur un fauteuil. Il a l'air nerveux et consulte souvent sa montre. Soudain il se lève, fait les cent pas de gauche et de droite.

— Comme le temps semble long !

Il se frotte le menton en continuant à marcher de long en large.

— Que je m'ennuie !

Il s'assoit sur le fauteuil, l'air abattu. Puis il se relève lorsqu'il entend le roulement d'une voiture sur le gravier, dehors. Des portes claquent. On perçoit faiblement des voix et des pas qui crissent sur le gravier avant de monter l'escalier du perron.

— Serait-ce déjà lui ? Il faut absolument que je le voie tout de suite !

Il va vers un coin de la salle et tire sur un cordon. Plusieurs secondes s'écoulent dans un long silence. L'homme, qui s'est rassis, a croisé les jambes et le bout de son pied gauche bouge nerveusement de haut en bas, dans un mouvement rapide qui trahit sa nervosité. Entre enfin un domestique en livrée qui salue en inclinant légèrement le torse et dit :

— Monsieur le comte a appelé ?

— C'est exact, Firmin. J'ai appelé.

Acte I, scène 1

Un silence. Chacun regarde l'autre. Le domestique n'ose bouger ni parler. Finalement son maître lui demande :

- J'ai entendu une voiture dans la cour. Quelqu'un est-il arrivé ?
- Oui Monsieur.
- Qui ?
- Un visiteur, il y a quelques minutes.
- Et où est-il ?
- Il est en train de prendre possession de sa chambre où je l'ai amené. Ce qui explique mon léger retard.
- Donc c'est quelqu'un que j'attends ?
- Il m'a dit en effet qu'il était attendu.

Le comte hoche la tête. Un sourire de soulagement passe sur son visage.

- Vous direz à ce monsieur que je l'attends, dès qu'il pourra venir.
- Bien Monsieur.

Le domestique sort. Maintenant, le comte semble se décontracter. Il respire à longs traits et se met à marcher lentement, le visage détendu.

Scène 2

Le comte / goûteur

Au fond de la pièce apparaît quelqu'un. Le comte qui l'a vu s'exclame :

— Enfin, vous voici !

Il s'avance vers le nouveau venu, la main tendue.

— Je me réjouis de votre présence chez moi. Êtes-vous bien installé ?

— Oui, très bien. Ma chambre est magnifique avec une vue splendide sur le parc.

Il s'arrête soudain et, d'une voix plus grave :

— Je n'ai pas encore eu le temps de visiter les cuisines.

— Cela ne presse pas. Je ne mange qu'à 14 heures.

— Très bien. Cela nous laisse un peu de temps. Votre chef est français ?

— Oui, c'est l'ancien chef de la cour du roi d'Espagne. Il a voulu changer d'air et travaille maintenant pour moi.

— Il vous régale de mets castillans ?

— Je dois vous avouer que je ne trouve plus guère d'attrait pour les plaisirs gustatifs. Mais il faut manger pour vivre. Je lui demande en fait une cuisine simple

Acte I, scène 2

et naturelle. Mais je n'ai que rarement envie de mets spécifiques.

— Mais alors pourquoi avoir choisi un chef de cette réputation ?

— Ce qui m'a intéressé chez lui, c'est sa personnalité. Le majordome espagnol qui me l'a recommandé n'a pas eu à vanter ses qualités culinaires. Je les connaissais de réputation. Ce qui a retenu mon attention dans les recommandations le concernant, c'est cette qualité humaine inégalable dont il est apparemment pétri : la discrétion.

Il regarde son interlocuteur droit dans les yeux.

— J'exige cette qualité des personnes que j'emploie. Et je déteste les gens qui montrent trop leur ego.

— La discrétion permet un rapport social sans heurt.

— Je ne sais pas si elle le permet, mais au moins elle le facilite. On m'a dit que vous aviez travaillé pour le Kremlin ?

— Oui. Il y a déjà quelques années.

— Et aussi pour le Palais de l'Élysée ?

Le nouvel arrivant acquiesce en silence.

— Voilà un curieux mélange !

— Vous trouvez ? Dans mon métier, on n'a pas à s'embarrasser de clivages politiques.

— Tout de même, du Kremlin à l'Élysée !

Acte I, scène 2

— Et alors ? Les étiquettes ne collent plus à la réalité : il n'est que d'observer le phénomène de la gauche dite caviar !
— Votre remarque n'est pas pour me déplaire.
— Mais il est difficile de ne pas s'impliquer dans les détails de la vie des gens. Hitler avait trouvé la solution. Il avait à son service une quinzaine de goûteuses, toutes des femmes qui ne le voyaient d'ailleurs jamais. Cela vous donne une idée de l'atmosphère qui régnait dans son nid d'Aigle. Dans mon métier, je me cantonne à la dimension professionnelle. La couleur politique de mes employeurs ne m'intéresse pas.
— Pourtant la politique est le cœur de l'existence.
— Pas plus que le sentiment. Je m'intéresse, moi, à la profondeur existentielle de l'individu, à cet aspect intime que l'on côtoie lorsque précisément la politique n'a plus d'importance.
— Mais la politique n'a-t-elle pas toujours de l'importance ?
— Ce n'est pas le résultat de mon observation. J'ai vu une autre réalité chez des gens qui avaient fait de la politique leur seule raison d'être. Eh bien, au moment de tout laisser, de passer de l'autre côté, bien souvent leur esprit faisait le vide et ne semblait plus préoccupé que par des notions métaphysiques.
— Ce sont des faibles qui tremblent devant l'inconnu.

Acte I, scène 2

- Je crois plutôt à des clairvoyants qui ont laissé tomber leurs œillères idéologiques.
- Je vois que nous n'arriverons pas à nous entendre là-dessus. Mais passons à autre chose. Voyons !

Il regarde sa montre. L'autre fait de même.

- Quelle heure avez-vous exactement ?
- J'ai 11 heures 32 minutes. Je sais que vous aimez la précision.
- C'est indispensable dans mon métier.
- Comme le repas est prévu à 14 heures, vous entrez en scène à 13 heures 30. Vous savez que je veux que la nourriture soit goûtée dans la demi-heure qui précède le repas.
- Bien évidemment.
- Peut-être est-il temps que vous rencontriez le chef.
- C'est une bonne idée. Puis-je savoir de quel degré de confiance vous le gratifiez ?
- Il a mon entière confiance.
- Votre entière confiance ? Comment cela ?
- Il est avec moi depuis pas mal de temps déjà. Nous avons partagé des moments difficiles, notamment la mort d'un employé à mon service !
- Vous voulez parler de la mort d'un goûteur ?
- Exactement.
- Avez-vous éclairci ce mystère et trouvé l'identité de l'empoisonneur ?

— Malheureusement pas. C'est une histoire compliquée en fait : un employé de cuisine a disparu à cette époque. Il était en conflit avec le goûteur. Il est probable qu'il est reparti dans son pays.

— Et vous-même ne soupçonnez personne d'autre en particulier ? Parmi ceux que vous côtoyez, vous devez tout de même avoir quelques envieux, quelques aigris ou même des ennemis.

— Il est facile de soupçonner mais plus difficile de démontrer.

— Je sais, mais mon expérience m'a montré que parfois le danger provient d'où on ne l'attend pas. J'ai aussi vécu des situations semblables et toujours les soupçons se portaient d'abord vers la cuisine.

— Vous mettez en accusation mon chef ?

— Pas du tout, mais il y a souvent de mauvaises exhalaisons à l'entour des casseroles.

— Vous vous trompez absolument. De quoi devrais-je le soupçonner ? De vouloir m'empoisonner ? Serait-il assez inconscient de faire un acte aussi stupide ? Pour passer inaperçu, on fait mieux.

— Sauf que les personnes qui ont les meilleurs alibis sont parfois les vrais coupables.

Le comte secoue la tête en signe de dénégation.

— Depuis lors, on a fait beaucoup de changement : on a trié le personnel, on a renforcé la surveillance de la nourriture, on a mis des caméras dans les cuisines. Voilà où nous en sommes.

Acte I, scène 2

Il sonne une clochette. Après quelques instants se présente Firmin.

– Allez chercher le chef s'il vous plaît.

– *Le domestique s'incline sans un mot et disparaît.*

Scène 3

Le comte / goûteur

Le chef entre dans la pièce. Il porte un grand tablier blanc. Il a les cheveux courts.

— Monsieur m'a fait demander ?

— Oui, je voulais vous présenter à une personne qui va travailler avec vous.

Il se tourne vers le fond de la pièce.

— Voici notre nouveau goûteur.

Ils se serrent la main.

— Maintenant que vous voilà présentés, ma présence n'est plus nécessaire pour que vous fassiez connaissance. Je vous laisse.

Il sort.

Les deux hommes se regardent. Finalement, le chef rompt le silence.

— Vous avez eu droit à une présentation un peu brusquée. Il faudra vous y faire.

— Vous voulez dire que la communication n'est pas bonne avec le comte ?

— Parfois c'est très clair, parfois c'est le mystère total.

— Vous travaillez pour lui depuis longtemps ?

Acte I, scène 3

— Cela fait un bon bout de temps. J'ai vu des choses éprouvantes ici !
— Le comte m'a parlé de la mort d'un employé.
— Oui. J'étais déjà ici à ce moment-là.
— Il s'agissait du goûteur, n'est-ce pas ?
— Oui, c'est exact. Une sale histoire qui reste bien ténébreuse.
— Vraiment ? Et que dit la version officielle ?
— On ne semble pas savoir précisément la cause de sa mort qui serait due à un étouffement naturel dans l'exercice de ses fonctions.
— En mangeant ?
— Oui.
— Comme chef, vous sentez-vous concerné ?
— Comment cela ? Je ne comprends pas.
— Je veux dire concerné … d'une manière générale.
— Écoutez, toute cette affaire a connu sa conclusion alors que je venais d'arriver mais elle couvait depuis déjà longtemps. L'enquête a bien mis cela en évidence. De plus, rien ne dit qu'il est mort par empoisonnement.
— Effectivement, il est curieux de mourir d'étouffement alors que l'on attendrait un empoisonnement.
— C'est ce qui rend très sceptique. A-t-il été tué en accomplissant son devoir et en protégeant le comte ou aurait-il été victime d'un complot personnel ourdi

Acte I, scène 3

contre lui et non contre Monsieur le comte ? That is the question !

— Par la suite, avez-vous pris des mesures ?

— Bien évidemment. On a beaucoup travaillé sur le profil des nouveaux employés. Votre CV, par exemple, a été soumis à un long examen. Mais l'empoisonnement ne nécessite qu'une fraction de seconde à qui veut nuire. Même en surveillant tout, il est presque impossible d'empêcher quelqu'un d'agir.

— Ce que vous dites est bien pessimiste !

— Certes, mais c'est ainsi. De plus, la loyauté est une notion bien fragile qui peut s'acheter facilement. Beaucoup n'hésitent pas à verser une goutte en échange d'une valise de billets.

— Tout le monde n'est pas à acheter !

— Peut-être. Mais vous conviendrez avec moi que rien n'est acquis dans notre milieu. N'oubliez pas que vous êtes la preuve vivante que l'empoisonnement ne peut pas être absolument évité.

— C'est exact. Et c'est de ma vie dont il est question désormais.

— J'en suis conscient et aussi du fait que vous avez bien du courage. Mais je dois vous dire une chose : tous les goûteurs que j'ai connus étaient des gens cassés, en fin de course. Ils vivotaient et je me demande même si, pour certains d'entre eux, le fait de jouer avec leur vie n'était en fait pas une manière comme une autre de

Acte I, scène 3

— trouver une raison d'être pour éviter de contempler leur naufrage.
— Quel constat !
— Ce qui est plus triste, c'est que les goûteurs ont eu une très mauvaise influence sur le moral de notre employeur.
— Comment cela ?
— Leur pessimisme chronique trouve un écho favorable dans l'humeur du comte.
— Le comte est pessimiste ? Je ne l'ai pas remarqué.
— En fait, il est surtout blasé. Vous apprendrez à le découvrir. Il est à un stade de la vie où le spleen le contrôle complètement. De plus, sa santé n'est pas très bonne, comme vous le verrez.
— De quoi souffre-t-il donc ?
— C'est un secret très bien gardé. Personne ne le sait à part Madame. Mais à côté de ce mal qui ébranle sa santé, il souffre de cet autre mal, le pire vice que l'homme peut subir, en tout cas d'après Baudelaire.
— Alors, il s'agit de l'Ennui.
— Oui, ce monstre délicat étreint le comte qui, après une vie où il a tout fait et tout vu, ne trouve plus d'intérêt à rien.
— Être blasé à son âge n'est pas si grave. Il faut relativiser tout de même.
— Vous verrez en temps voulu et vous serez confronté et aspiré dans son dilemme. Mais passons à autre chose.

Acte I, scène 3

Je ne vous connais pas mais je peux vous dire que votre métier attire des gens qui, s'ils planent souvent au-dessus des contingences terrestres, pataugent cependant dans les méandres de vies compliquées.

— C'est un métier difficile.

— Je le conçois aisément. Mais je ne sais si c'est le métier qui rend le goûteur morose ou si ce sont les tempéraments moroses qui recherchent ce métier.

Le goûteur fait mine de vouloir parler puis se retient avant de dire :

— Eh bien, si vous permettez, je vais me retirer dans mon appartement.

Il salue et sort en silence alors que le chef retourne en cuisine.

Scène 4

Le comte / Firmin

Le comte rentre dans la pièce, un paquet d'enveloppes à la main. Il entreprend de décacheter l'une d'elles avec un ouvre-lettres. Après une lecture rapide, au bout d'un moment, il s'exclame, d'un air de dégoût :

— Je n'ai là que des mauvaises nouvelles, comme d'habitude : factures, flatteries, sollicitations, requêtes, etc.

Il lance le paquet de lettres qui s'éparpillent à travers la pièce. Le vol plané des feuilles retient son attention un bon moment.

— Savoir tomber comme ces feuilles de papier, avec grâce ! Quelle classe cela aurait !

Il se met à rêver. Il se lève et fait les cent pas. Soudain, il agite nerveusement une sonnette. Quelques instants plus tard se présente Firmin.

— Monsieur a appelé ?

— Oui, Firmin.

— Que désire Monsieur ?

— Je ne désire rien, précisément.

— Heu, excusez-moi, mais je ne comprends pas alors pourquoi …

Acte I, scène 4

Le comte lève la main et le domestique s'arrête aussitôt de parler.

— Je vous ai fait venir pour que vous m'aidiez à savoir ce que je veux faire.

— Ah ?

Le domestique prend un air dubitatif et embarrassé. Il se frotte le crâne cependant que son patron continue :

— Oui. Comment combattre l'ennui ?

— Comment combattre l'ennui ? Oh, c'est très simple.

Le comte lui jette un regard curieux.

— Simple ?

— En travaillant, Monsieur.

— Une réponse bien proprette. Vous n'avez rien d'autre à me suggérer ?

— Vraiment non, je ne vois pas quoi d'autre dire. Pour moi, le travail m'empêche de m'ennuyer, et je peux vous dire que je ne m'ennuie jamais.

— On pourrait lire, dans votre idée, une critique de votre patron. Pensez-vous que vous travaillez trop par hasard ?

— Oh mais non ! Ce n'est pas du tout ce que je voulais dire !

— L'idée vous en a pourtant effleuré l'esprit, avouez-le.

— Loin de moi cette pensée. Mais vous comprendrez aisément que lorsqu'on trime sans cesse pour assurer sa survie, on n'a pas le temps de s'ennuyer.

Acte I, scène 4

Le comte se rapproche de lui.

- Vous plaignez-vous de votre sort ici ?
- Pas du tout.

L'employé se tord les mains d'embarras.

- Pourtant vous avez parlé de trimer. C'est un verbe un peu fort tout de même.
- Mais je ne faisais pas allusion à mon travail ici. Je parlais en général, pour les pauvres qui n'ont pas d'autre choix dans la vie et qui, eux, ne s'ennuient jamais car ils luttent pour leur survie.
- Ainsi, vous me préconisez de devenir pauvre pour résoudre mes problèmes de nanti ?
- Monsieur se moque.

La voix manque défaillir au domestique qui s'appuie sur le rebord de la table.

Quelques secondes de silence. Puis le comte reprend :

- Votre conversation dont je ne partage pas du tout les idées m'a fait un grand bien, l'espace d'un instant.
- Vraiment ? Excusez-moi, mais … je ne comprends pas …
- Oh, c'est très simple. Vous avez eu l'art, Firmin, peut-être par provocation ou par ignorance, de me faire oublier mes problèmes et mon ennui. Merci, j'apprécie.

Firmin se tait, perplexe.

Acte I, scène 4

— Pourriez-vous me cherche un verre vide ?

— Tout de suite Monsieur.

Il s'éloigne et revient quelques instants plus tard avec le verre.

— Merci, vous pouvez aller dire au visiteur qui vient d'arriver que je désire lui parler.

— Bien Monsieur.

Scène 5

Firmin / le comte

Après un long moment pendant lequel le comte marche de long en large, très agité, revient le domestique, la mine déconfite. Le comte le regarde sans sembler comprendre ce qui se passe.

- Je m'excuse, monsieur le comte, mais le goûteur a refusé de bouger de son lit. Il se repose maintenant et prétexte que ce n'est pas l'heure du repas.
- Il refuse de venir ?
- Il prétend que selon l'accord que vous avez passé avec lui, il doit se présenter juste avant les repas, l'heure à laquelle il vient goûter.
- Mais ceci est insensé ! Un simple goûteur qui refuse de m'obéir !

Il ouvre son chéquier, remplit et signe un chèque qu'il déchire de son talon et qu'il tend à Firmin :

- Donnez-lui ceci à la condition qu'il vienne immédiatement !

Firmin s'incline, jette discrètement un coup d'œil sur le chèque, soulève un sourcil et disparaît. Le comte se met à tapoter de ses doigts sur le rebord d'un fauteuil, en fulminant entre ses dents.

Acte I, scène 5

Enfin le goûteur apparaît dans l'encadrement de la porte. Il est venu silencieusement sans être vu, ni entendu. Il tient à la main le chèque. Il avance à pas feutrés et lorsqu'il est à moins de trois mètres du comte, il dit d'une voix grave :

— Vous avez interrompu mon repos !

L'autre se retourne d'un bloc, surpris.

— Ah ! C'est vous ! Vous cherchez à me faire peur ?

— Je pense que c'est plutôt vous qui cherchez à me perturber. J'ai besoin de calme et de solitude avant l'heure des repas.

Un sourire satisfait barre le visage du comte lorsqu'il voit le chèque dans la main de l'autre.

— Je savais que vous viendriez ! Je sais utiliser des arguments qui font ployer les plus forts. Personne ne me résiste, sachez-le !

— Je vous trouve bien présomptueux. On trouve toujours plus fort que soi. Et souvent quand on ne s'y attend pas.

— Vous faites le moraliste. Je m'attends presque à entendre la fable *Le Lion et le Rat*. Vous savez : *on a souvent besoin d'un plus petit que soi* !

— Je changerai simplement un mot de cette morale : dites plutôt : on a souvent besoin d'un plus courageux que soi.

— Courageux ? Qu'insinuez-vous ?

— Rien que de très évident. Le courage ne se voit vraiment que devant la mort.

Acte I, scène 5

— Et où est la mort dans ce cas ?

— Partout bien sûr. Elle rôde dans cette pièce et vous le savez. Peut-être se loge-t-elle dans cette grappe de raisins que vous couvez de votre regard à toute heure de la journée. Ou bien aussi dans ce verre empli d'un liquide qui a une apparence tout à fait inoffensive.

— Vous pensez ce liquide dangereux ?

— Tout est dangereux autour de vous. Pour vous mais aussi pour les autres.

Il avance la main vers le verre.

— Que faites-vous donc ? Je ne vous ai pas demandé de tester cette eau !

— C'est exact. Je ne comptais pas le faire mais vous demander de le faire vous, au contraire !

— Moi ? Mais c'est une plaisanterie j'espère !

— Et pourquoi ? Vous pouvez montrer un peu de courage de temps en temps vous aussi. Cette eau est inoffensive vu que c'est vous qui la contrôlez. Auriez-vous peur de vous-même ?

— Quelle étrange question ! Et quelle situation absurde. Je vous rappelle que c'est vous le goûteur ici !

— C'est exact. Je suis votre goûteur et non votre caniche pour satisfaire chacun de vos caprices. Je ne suis pas venu pour vous distraire car ce n'est pas mon rôle. Et je vous rends votre bien.

Acte I, scène 5

Sur ce, il brandit le chèque qu'il laisse tomber à terre. Le comte hésite, puis le ramasse, tout surpris de se trouver dans cette situation.

— Vous me surprenez vraiment. Les gens de votre espèce me fascinent. Il faut bien du courage pour faire front à son destin sans se soucier d'être culbuté par la mort.

— Ne croyez pas cela !

— Si ! En dépit de vos dénégations et de vos explications, je reste en admiration devant la force morale qui émane de gens comme vous. Faire échec à l'angoisse humaine comme vous le faites, bien peu d'hommes en sont capables.

— Je ne suis qu'un mercenaire qui agit par intérêt !

— Tout de même !

— Je n'arrive pas à la cheville de certains qui font autant que moi mais par pure charité et non par intérêt mercantile comme moi. Quand je pense à Maximilien Kolbe, ce prêtre catholique qui a donné sa vie pour sauver un père de famille au camp d'Auschwitz, je me sens bien médiocre. Vous me considérez sous un mauvais angle.

— Vous prenez un exemple exceptionnel !

— C'est ce genre de modèle qui donne son vrai sens à la vie.

— Devant le poids de l'évidence, les dénégations s'évaporent. Mais si vous voulez vous enfoncer dans le chemin complexe de la souffrance et du tourment, je vous y laisserai seul. Que disions-nous donc ?

Acte I, scène 5

— Eh bien, je venais de vous annoncer que je ne suis pas quelqu'un que l'on achète.

D'un geste, il montre le chèque dans la main du comte. Celui-ci hausse les épaules dans un geste de profond désintérêt.

— Je suis, moi, persuadé que tout le monde s'achète, il suffit d'ajouter un, deux, voire trois zéros pour faire craquer toute résistance mentale. Mais cette discussion m'ennuie. Disserter sur l'argent est le moyen le plus sûr de provoquer chez moi le désir de sommeil. L'argent, on l'utilise, on n'en parle pas.

— On l'utilise, si on en a !

— Pour avoir de l'argent, il faut faire des choix idéologiques pertinents tôt dans la vie.

— Cela semble si facile qu'on en pleurerait !

— Vous avez beau jouer sur la corde cynique, vous ne changerez pas le fait qu'il faut s'aider un peu pour espérer arriver à quelque chose.

— Pas toujours.

— Vraiment ? Réfléchissez à ceci : vous avez la chance de côtoyer quelqu'un qui peut, par ses relations, vous ouvrir toutes les portes que vous voudriez, une situation que très peu de gens de votre classe arriveront à jamais atteindre.

— Vous côtoyer ne me donne que le droit de manger.

— Je ne parle pas de cela. Si vous avez de l'ambition, vous devriez penser à user de votre poste actuel pour rebondir plus haut.

Acte I, scène 5

- Rebondir plus haut ?
- Sortir de votre statut de goûteur.
- Et comment donc ?
- C'est bien simple. En jouant sur la proximité potentielle qui vous fait signe.
- Mais encore ?
- Moi.
- Vous ?
- Oui. Si vous m'éblouissez, vous trouverez un chemin tout prêt pour vous mener où vous voudrez.
- Vous éblouir ?
- M'éblouir, me fasciner, appelez cela comme vous voudrez, mais en un mot, me faire oublier que j'existe. Voilà ce qui me ferait plaisir.
- Vous voulez que je sorte de mon simple rôle de goûteur pour vous intéresser à la vie ? Mais je ne suis pas philosophe, moi.
- Ce n'est pas d'un philosophe dont j'ai besoin, mais d'un magicien, de quelqu'un qui peut me montrer autre chose, une perspective différente, un horizon nouveau.

Le goûteur paraît surpris. Il reste muet pendant plusieurs secondes. Finalement, il s'ébroue pour dire :

- Je peux essayer mais vous pourriez le regretter.
- Je suis prêt à essayer.

Acte I, scène 5

- Alors, je veux bien tenter de vous guider dans cette voie. Mais si je fais cela, c'est plus l'attrait de la nouveauté et la magnitude du défi que par pur intérêt mercantile ou pour satisfaire un quelconque goût morbide de votre part.
- Votre motivation m'importe peu tant que le but est atteint.

Le goûteur se retourne et semble réfléchir profondément avant de se laisser tomber sur un fauteuil alors que le comte sort.

ACTE II

Scène 1

Le goûteur / chef

C'est le moment des premiers rayons de soleil. Tout est calme.
Le goûteur apparaît dans le parc. Il est chaussé de bottes et gravit les marches menant à la terrasse de la propriété. Il se déplace à pas lents et hume l'air frais à pleins poumons.

— Quel calme ravissant ! Pas de bruit, pas même de rumeur lointaine de ville ! Seuls quelques cricris dans ce silence. Quel bonheur !

Il fait les cent pas sur la grande terrasse, les mains dans le dos, dans l'attitude d'un marcheur en pleine méditation.
Il est soudain rejoint par une forme qui sort silencieusement du château. Le chef apparaît en robe de chambre et s'exclame :

— Déjà debout ?

— Heu, oui, j'ai fait une promenade dans cet immense parc. Il est magnifique.

— Avez-vous vu des animaux ?

— Quelques faons à la recherche de leur mère. C'était un spectacle touchant.

— Le parc est un havre de douceur. Vous n'y verrez rien de dangereux.

— A l'exception bien sûr de certains types de champignons que je ne vous conseillerais pas de servir à table.

Acte II, scène 1

- Je vois que vous n'oubliez jamais le côté professionnel.
- Il est difficile de ne pas remarquer, dans le sous-bois et notamment sous les chênes, les calices de la mort.
- Vous parlez de l'amanite phalloïde ?
- Exactement. Celle dont seraient morts l'empereur romain Claude et le pape Clément VII.
- L'amanite aime choisir ses victimes parmi les grands de ce monde.
- Le champignon permet toutes les fantaisies culinaires.
- Mais il entraîne aussi toutes les dérives du bon goût. Je vais vous faire une confidence.

Il se rapproche du goûteur.

- Il est grisant de jouer avec les champignons.
- Jouer ?
- Oui, jouer. Mais sans trop prendre de risques.
- Je ne comprends pas.
- Certains champignons sont plus ou moins toxiques, vous le savez. Parfois, en dosant correctement un plat, on peut y saupoudrer quelques brins vénéneux en quantité infinitésimale et le mélanger à du comestible sans effet fatal.
- Je sais tout cela, mais je ne connais personne qui joue à ce jeu. Et vous ?

Acte II, scène 1

— Des esprits supérieurs en pleine dérive narcissique qui aiment tenir entre leurs doigts la vie de leurs convives, sans toutefois jamais renverser leur estomac.
— C'est presque une mithridatisation dont vous parlez !
— Vous n'en êtes pas loin. Sauf que Mithridate poursuivait un but clairement préventif.
— Mais à quoi d'autre cela peut-il servir ?
— À parfaire un goût ! Regardez le Cayenne par exemple. Si vous en saupoudrez certains plats, ils deviennent délicieux. Par contre, si vous avez la main trop lourde, … De plus, en testant à l'insu de leurs convives des doses très légères de champignons vénéneux, certains chefs arrivent à se faire une idée très claire du seuil de tolérance de l'estomac humain pour tel ou tel champignon.
— Mais il existe des tests officiels de dangerosité des champignons pour cela !
— Oui, mais ceux-là sont faits en connaissance de cause par qui veut. Alors que dans notre cas, le chef est le seul à savoir, à décider, à contrôler, et à l'insu de tous. Les acteurs ne savent rien, ne soupçonnent rien, et on peut donc être sûr que le déroulement naturel de l'opération n'est pas entravé par toutes sortes de blocages ou d'interférences psychologiques. Le chef est ainsi dans un rôle omniscient qui lui donne les pleins pouvoirs et lui permet de jouer, comme je vous le disais !
— Et les goûteurs professionnels ? Vous les avez oubliés ?

Acte II, scène 1

- Les goûteurs sont souvent abusés. Les doses sont trop faibles pour être perçues par les papilles. En fait, abuser le goûteur est le summum de l'opération, ce qui lui donne toute sa valeur.
- Mais vous, êtes-vous un de ces chefs à l'esprit fantasque ? Vous vous livrez à de telles manipulations ?

Le chef ne répond pas tout de suite.

- Ceux que vous qualifiez de chefs à l'esprit fantasque ne le sont pas plus que d'autres qui passent leur vie à goûter des plats supposément empoisonnés.

Il disparaît.

Scène 2

Le goûteur / la femme

Resté seul, le goûteur s'assoit sur une marche de l'escalier. Il regarde vers l'orient le ciel qui s'illumine de plus en plus. Soudain, un volet s'ouvre au premier étage et apparaît sur le balcon une forme féminine.

Une voix cristalline se met à chanter un air folklorique. Le goûteur se lève et se rapproche du balcon. Puis il se met à chantonner le même air, doucement d'abord, puis avec de plus en plus d'assurance, jusqu'à couvrir la voix féminine. À un certain moment, la femme, surprise, s'arrête de chanter, laissant l'homme continuer seul la mélodie. À son tour, il s'arrête en plein milieu de son chant, décontenancé.

— Qui chante à une heure aussi matinale sur la terrasse du château ?

— Excusez-moi, chère Madame.

Se montrant à sa vue.

— Je suis un … invité et je regrette d'avoir non seulement interrompu votre merveilleux chant mais également d'avoir troublé votre rituel.

— Oh, il n'y a pas de mal, Monsieur. C'est que votre voix m'a tellement surprise. Il est rare qu'ici, quelqu'un m'accompagne ainsi dans mes exercices vocaux.

Acte II, scène 2

— Je veux vous dire que ce fut un vrai plaisir de ma part.

Elle descend un escalier extérieur qui débouche sur la terrasse. C'est une belle femme grande et fine, enveloppée dans un immense châle blanc.

— Je ne vous connais pas, Monsieur. Vous êtes un invité avez-vous dit ?

— Heu, oui, c'est exact.

— Et combien de temps comptez-vous rester parmi nous ?

— Cela ne dépend pas de moi mais du maître des lieux.

— Seriez-vous donc invité ici à seule fin de servir le comte ?

— Oui, c'est bien cela. Je suis sollicité comme spécialiste.

— Ah, je vois. Nous avons ici beaucoup de gens qui viennent offrir leur expertise. C'en est presque lassant.

— Mais quel bonheur de vivre dans un tel cadre !

— Le cadre a beau être beau, il s'efface de votre vision avec le temps.

— Avec la routine serait mieux dit, me semble-t-il. Il est vrai que les soucis de la vie sont un antidote puissant au bonheur.

— Le bonheur ! Ah, la belle histoire ! Y croyez-vous sincèrement ?

— Tout dépend de l'état d'esprit dans lequel on se trouve. Tenez. Ce matin, j'étais en pleine euphorie avant

Acte II, scène 2

même de vous entendre. Cela était dû à ma promenade dans le parc.

— Et qu'y avez-vous donc trouvé ?

— Rien que de très naturel. J'ai vu sa beauté, et j'ai goûté sa douceur. J'ai recueilli sur mes lèvres les perles de rosée qui tapissent la verdure. Cette rosée a une vertu inégalable.

— Que de poésie ! On dirait que vous entrez dans la magie sensuelle chère à Marcel Proust.

— Sauf que je ne recherche pas des sensations passées enfouies. Je cherche les sensations présentes et toujours recommencées.

— Vous me semblez être un goulu gustatif, tout comme Proust d'ailleurs.

— Cette comparaison me flatte.

Il se penche vers une branche de glycine qu'il coupe délicatement.

— Regardez ce rameau. Il est tout aspergé de rosée. Goûtez-en un peu.

Il lui tend le rameau qu'elle prend. Puis elle passe son doigt sur les feuilles, humecte le rameau du bout de ses lèvres et se met à le goûter doucement.

— Ces gouttes de rosée rafraîchissent mon âme.

Elle accroche le rameau à son châle et rentre dans le château.

Acte II, scène 3

Scène 3

Le comte / goûteur

Dans un salon du château

Le comte entre dans la salle où le goûteur se trouve.

- Alors, bien dormi ?
- Excellemment bien ! Quel calme ! Je vous envie le lieu que vous habitez.
- Oui, nous avons de la chance. Le parc fait son effet tampon entre la civilisation et le château.
- Ce parc dégage ordre et beauté …
- Luxe, calme et volupté comme dirait le poète.
- Vous ne croyez pas si bien dire. Ce matin, je me suis enivré au seul goût cristallin de vos larmes de rosée.
- Oh ! Oh ! Oh ! Monsieur le poète, que voilà une correspondance bien inattendue.
- C'est parce que vous ne comprenez pas mes besoins que vous dites cela.
- Eh bien, je vous écoute.

Le goûteur regarde ses bottes et s'exclame :

Acte II, scène 3

— Vous permettrez que j'aille d'abord dans ma chambre me changer. Je ne suis guère en état de parader dans un salon.

— Bien sûr. Je serai ici.

Le goûteur disparaît. Le comte prend un livre qu'il se met à feuilleter, incapable de se concentrer sur le texte.

Finalement, le goûteur revient. Il a passé une veste et des chaussures d'intérieur.

— Ainsi donc, vous me parliez de vos besoins que personne ne comprend.

— Il ne s'agit pas de tout le monde mais de vous en particulier.

— Eh bien, je vous écoute.

— Quand je parle de mes besoins, je veux dire mes besoins professionnels. Pour être au mieux de ma forme, je dois garder l'intérieur de mon palais dans l'état le plus frais et le plus naturel possible. Sans aucune interférence artificielle. Je ne dois donc rien ingurgiter qui ne soit pas de nourriture naturelle pour préserver l'état de mes papilles. Or, hier, avec la fatigue du voyage, mon état gustatif s'est détérioré malgré le soin que j'ai apporté à ce que j'ai mangé et bu. J'ai donc mal dormi et ce matin au réveil, je ne me sentais pas très bien, avec une bouche pâteuse et…

— Vous pouvez m'épargner certains détails tout de même.

— Aussi, j'ai dû purifier ma bouche. Et j'ai trouvé dans la fraîcheur de votre sous-bois, la senteur des essences

Acte II, scène 3

  naturelles et, surtout, dans les gouttes de rosée du parc, une solution parfaite à cet état insupportable pour un goûteur.

— Vous me voyez ravi de tout ceci et j'en conclus donc que vous êtes prêt à assumer votre rôle auprès de moi.

— Bien sûr.

— Mais pas seulement comme goûteur. Je veux dire aussi comme animateur, vous vous souvenez ?

— J'ai bien réfléchi à votre idée. Je suis prêt à relever le défi mais à condition que cela n'entre pas dans le cadre du contrat, mais simplement comme activité supplémentaire et à effet provisoire.

— Cela va de soi. Et soyez assuré que cela comporte une rémunération supplémentaire.

— Parfait. Alors je suis heureux de vous annoncer que j'ai bien réfléchi à tout ceci et je suis en mesure de vous proposer quelque chose.

— Déjà ? Mais c'est fantastique. Mon ennui ne peut plus attendre.

Le goûteur s'approche d'un guéridon près d'une fenêtre et s'assoit en faisant signe au comte de faire de même.

— Il s'agit d'une occupation originale qui meublera une partie du temps que nous sommes voués à passer ensemble.

— Eh bien dites-moi donc à quoi vous pensez.

— Je pensais à une découverte culinaire.

Acte II, scène 3

— Vous assumeriez à la fois le rôle de chef et de goûteur ?

— Bien sûr que oui. Un bon goûteur sait parfois faire chanter les casseroles.

— Vous piquez ma curiosité.

— Que diriez-vous donc d'une initiation à l'entomophagie ?

— Que voulez-vous dire ?

— La gastronomie d'insectes.

— D'insectes ?

— Oui. On en parle beaucoup en ce moment. C'est à la fois exotique – car qui pense à manger des insectes ? –, et, d'autre part, familier dans la mesure où ces mêmes insectes sont autour de nous et constituent un aspect quotidien de notre existence.

— Vous êtes spécialiste des insectes ?

— En quelque sorte. Et comme je cherche à satisfaire vos besoins spécifiques et hors du commun, je me suis décidé pour ce domaine gastronomique.

Le comte fait quelques pas en lâchant :

— Ah ! Ah !

— Je comprends un peu votre surprise mais n'ayez crainte : tous ceux que j'ai initiés à cette nouveauté gastronomique en ont été ravis.

— Vous piquez ma curiosité.

Acte II, scène 3

- C'est un bon signe. Alors, pour notre premier menu, on pourrait commencer par des tapas de grillons séchés, suivies de crickets croquants légèrement salés. Ensuite on dégusterait des ténébrions, sucrés, doux et moelleux et on finirait par des scorpions au chocolat.
- Que sont ces ténébrions ?
- On les appelle aussi « vers de farine ». Leurs larves sont délicieuses et ont le goût de noisette et d'amande.
- Écoutez, je ne sais que dire. Je ne m'attendais pas à ce genre de choses. En fait, je dois vous expliquer quelque chose avant tout.
- Oui ?
- Je vous ai demandé de me distraire. La raison est double : d'une part, je veux oublier le danger qui rôde autour de moi et qui explique votre présence ici. Mais il y a autre chose de plus important encore.

Il s'arrête un moment avant de continuer.

- Je n'ai pas vraiment le désir d'apprendre simplement du nouveau. Toute ma vie a été construite autour de cela. Un noble objectif ne suffit plus à ma motivation pour avancer. Il me faut un peu de piment en plus, une once de …

Il s'arrête, à la recherche d'un mot.

- Une once de folie ?
- C'est exactement cela ! Une once de folie. Mais je préfère l'expression une once d'inconnu. Me trouver dans un état instable, où je perds mes repères, où l'inconnu dirige et où on peut se perdre.

Acte II, scène 3

— C'est là tout un programme.

— Vous comprendrez donc que la perspective de manger des insectes n'est pas à même de combler mon insatiable attente.

— Je vois. En fait, si je comprends bien votre raisonnement, vous voulez être moi.

— Heu, je ne comprends pas.

— Je personnifie, dans mon métier, la dimension que vous recherchez : l'inconnu.

— Mais oui ! Je ne pensais pas à la chose sous l'angle que vous présentez, mais il y a certainement une similitude évidente. Vous qui goûtez sans cesse des mets exquis mais peut-être mortels, vous êtes l'exemple le plus parfait du dilettante blasé qui cherche un raffinement d'inconnu pour échapper à un océan de monotonie.

— Le mot blasé ne cadre pas nécessairement avec ma profession. Et vous semblez placer trop d'importance dans le raffinement.

— Vous m'avez compris. Il s'agit du raffinement non seulement du palais mais aussi de l'esprit. On combine ainsi tout ce qu'il y a de plus excitant dans la vie.

— Mais pour moi, ce n'est qu'une profession. Vous en faites un objet d'art.

— C'est peut-être votre profession, mais vous vous êtes arrangé pour joindre l'utile au sensationnel ! C'est le

Acte II, scène 3

    moteur de votre vie ! Et c'est cela que je veux désespérément.

Un silence s'établit entre eux. Le comte regarde le goûteur intensément. Le goûteur marche lentement de gauche à droite, la tête inclinée. Il réfléchit profondément. Au bout d'un long moment, il finit par dire :

- Vu la gravité de votre situation, je ne vois qu'une solution : un jeu.
- Un jeu ? Le remède me semble étonnant.
- Ne vous méprenez pas. Ce n'est pas n'importe lequel. Je parle d'un jeu culinaire.
- Quand j'étais enfant, mes parents m'ont toujours interdit de jouer avec la nourriture. Allez-vous contrecarrer l'éducation que j'ai reçue ?
- Ne vous inquiétez pas avant de savoir exactement de quoi il retourne.

Il prend une profonde inspiration.

- Quand commençons-nous ?
- Il me faut un peu de temps pour me préparer. Je vous propose de nous rencontrer ici plus tard.
- Très bien.

Le goûteur sort de la pièce.

Acte II, scène 4

Scène 4

Le comte / la comtesse

Le comte s'installe sur une bergère et allonge les jambes. Au même moment entre dans la pièce une femme, la même que celle du balcon. Le comte commence à se lever.

— Ah ! mon ami ! Ne bougez donc pas ! Je voulais vous voir seul mais c'est devenu toute une affaire de trouver un instant pour vous parler. Vous êtes entouré de tant de monde !

Le comte se rassoit sur la bergère.

— Je suis très occupé, c'est vrai.

— On voit souvent autour de vous des visages nouveaux. Tenez, par exemple, ce monsieur qui sort d'ici et que j'ai croisé dans le couloir.

— C'est exact. Il vient d'arriver.

— Et quelle est sa spécialité ?

— C'est mon nouveau goûteur.

— Encore un ! Il est vrai que vous les usez à une vitesse effrayante.

— Ma chère, ne parlez pas de cela avec une telle désinvolture !

— Tout de même ! Oubliez-vous le drame que nous avons vécu ?

Acte II, scène 4

— Voyons, ma belle, souvenez-vous que nous avons décidé de ne plus en parler entre nous.

Il s'approche d'elle pour la prendre dans ses bras, mais elle se détourne de lui et s'éloigne de quelques pas.

— Chaque jour qui passe, je me rends compte de plus en plus que je vous connais de moins en moins.

— Vous avez oublié nos débuts, les soirées à Mallorca, l'équipée en Alaska ?

— Je n'ai rien oublié. Mais les choses ont changé. Vous avez changé ! Et j'ai parfois l'impression que vous m'avez trompée depuis le début.

— Je vous ai trompée ? Moi ? Et comment cela s'il vous plaît !

— Oui, dans votre posture, dans vos propos et dans l'illusion que vous avez créée pour me faire croire que j'étais tout ce dont vous aviez besoin.

— Mais comment pouvez-vous croire cela ?

— C'est que je n'ai jamais ressenti cette adhésion profonde chez vous, ce je ne sais quoi qui transforme les choses et transcende les sentiments. Je me suis senti plus dans le rôle d'un bel étalon à montrer que dans celui d'une femme aimée sincèrement.

— Mais voyons ! Quelle exagération !

Il paraît vexé puis continue :

— Pourquoi es-tu venue me voir ? Tu avais quelque chose à me demander ?

Acte II, scène 4

– Plus maintenant. Je vois que tu continues à me jouer la sérénade. Je veux que tu saches que tu me fais peur !

Elle sort à grands pas.

Acte II, scène 5

Scène 5

Le comte / le goûteur

Le comte se gratte la tête. Puis il lève les bras au ciel en signe d'impuissance. Il semble résigné mais nullement trop affecté.
Survient alors le goûteur. Aussitôt, le comte se lève et s'avance vers lui, plein d'espoir.

— Enfin, vous voilà ! Je brûlais de vous poser une question.

— Allez-y !

— Pourquoi faites-vous un métier aussi … extravagant ?

— Cela relève vraiment du domaine privé ! J'ai mes raisons personnelles et je préfère ne pas en parler.

— Pourtant, j'aimerais connaître les ressorts qui vous font courir de tels risques. Je me sens pris d'une grande curiosité envers vous. Vous avez réussi à toucher une corde sensible en moi.

— J'en suis flatté. Mais permettez-moi de garder pour moi mes secrets personnels !

— C'est dommage ! Peut-être même pourrais-je vous aider ? Et puis vous savez, tout peut s'obtenir avec un peu de bonne volonté…

Acte II, scène 5

— Tout cela dépend de beaucoup de choses en réalité. Vous touchez là à des ressorts intimes !

— Quand on veut partager…

— Partager ? Êtes-vous prêt à me dire vos propres secrets ?

— Je voulais dire partager un moment de vérité entre personnes sensées.

— Mais vous-même, seriez-vous prêt à me révéler votre vie intime ?

— Mes secrets ne m'appartiennent pas et je ne peux malheureusement pas en divulguer la plus petite once sans mettre en danger la vie de certains de mes collaborateurs ou de mes proches.

— Voilà une explication qui correspond aussi à ma situation.

— Vous vous moquez ! J'ai pris des renseignements sur vous avant de vous engager. Il n'est nulle part question dans votre parcours d'affiliation tant politique, que syndicale, sociale ou même idéologique.

— Il existe d'autres modes d'affiliation que vous ne semblez pas inclure dans votre vision et qui sont tout aussi importantes que les seules que vous connaissez.

— Si vous voulez me dire que je suis englué dans le monde physique et que vous survolez tout cela dans un nimbe spirituel, vous me faites sourire.

— Eh bien voilà en tout cas une différence évidente entre nous qui clarifie bien les choses. Les problèmes que

Acte II, scène 5

- vous avez sont d'ordre matériel, vous l'avez vous-même indiqué. Notre être est certes prisonnier de son enveloppe corporelle mais celle-ci n'en constitue pas la totalité.
- Et c'est ici qu'interviendrait le rôle du poison comme lien entre ces deux états ?
- Comme vous le dites. Il faut arrêter de faire du poison un simple moyen.
- Ah ?
- Le poison est un domaine tellement fascinant ! Oui, le poison comme fin !
- Vous faites de l'esprit facile !
- Pas tant que vous croyez. Je vais vous expliquer, si cela vous intéresse.

Il fait une pause, caressant son menton dans un signe méditatif. Puis, il continue :

- Dans la vie, il arrive toujours le moment où tout bascule. La routine dont on se plaint tant finit très souvent abruptement et l'on se trouve alors plongé dans un tourbillon incontrôlable. L'esprit s'émeut au point de tomber dans l'absurde. On est prêt à se lancer dans les plus folles divagations, on professe des idées que l'on réprouvait farouchement quelque temps auparavant. Certains même, pour s'assurer un sursis supplémentaire, ne reculent devant aucun sacrifice, prêts à toutes les bassesses, car n'ayant plus rien à perdre.
- Oui, mais le poison ? Tout de même !

- Le poison, mon cher comte, devient alors un objet de fascination qui recèle la clé de tous les problèmes tout en conservant l'attrait de l'anormalité.

L'autre ne réagit pas. Il cherche à comprendre le sens réel d'un concept qui lui échappe. Finalement, il risque :

- Vous équivalez poison avec suicide !
- Oui, mais pas seulement. Suicide, mais aussi homicide, et surtout philantrocide.
- Vous avez dit ?
- Ce mot barbare indique seulement la propension à user de toutes sortes de moyens doux afin de soulager la souffrance et la détresse.
- Ce que vous appelez poison, d'autres l'appellent morphine.
- La morphine a son utilité médicale indéniable mais elle a aussi son aspect nocif dans l'accoutumance qu'elle instaure. Rien n'est donc ou tout noir ou tout blanc. Regardez l'évolution actuelle du cannabis à valeur thérapeutique.
- Mais enfin, dans votre métier ?
- La plupart de mes clients ne me demandent qu'un rôle passif somme toute. Goûter et mourir éventuellement, comme c'est programmé. Je n'existe pas en dehors de cela. Je ne suis qu'un estomac pour eux.
- Combien de … clients avez-vous eu exactement jusqu'à maintenant ?

Acte II, scène 5

— Depuis que je fais ce métier, j'ai déjà goûté pour 7 personnes.

— C'est impressionnant !

— Vous seriez surpris du nombre de personnalités qui n'ont pas la conscience tranquille et veulent assurer leurs arrières.

— Mais qui sont donc tous ces gens ?

— Je ne saurais vous dire leur nom, bien que vous en connaissiez certains par mon CV. Sachez seulement qu'il existe un grand nombre d'individus qui ne font pas la une des journaux et qui sont excessivement riches. Mais ils tiennent à garder leur anonymat. Leur nom est sans importance et il est même arrivé que je ne le connaissais même pas.

— Vous ne saviez pas pour qui vous travailliez ?

— Cela est arrivé une fois. Le cas de quelqu'un qui voulait s'assurer un anonymat complet. De plus, je vous signale que beaucoup ne veulent un goûteur que lorsqu'ils voyagent et quittent leur environnement familier.

— Ce qui n'est pas mon cas. Alors pourquoi avoir accepté mon offre ?

— Vous, je vous connaissais de réputation, je dois l'avouer.

— Et quelle est ma réputation ?

— Je dirais simplement une réputation sulfureuse.

— Sulfureuse ?

Acte II, scène 5

– Je fais allusion aux scandales auxquels votre nom a été associé.

– Je vous ferai remarquer que je n'ai jamais été clairement impliqué dans aucun ! Et a fortiori jamais condamné ! Vous savez faire la différence entre une rumeur et une preuve tout de même !

– Je me suis renseigné sur vous moi aussi et je vous concède le bénéfice du doute dans toutes les affaires floues où votre nom est apparu. Mais cela vous entoure d'un halo de mystère très propice à une notoriété grandissante.

– Je n'ai pas besoin de ces affaires pour me faire connaître, vous le savez.

– Certes, mais je vous avoue que c'est ce nimbe brumeux qui m'a poussé à accepter votre offre.

– Vraiment ?

– Eh oui. L'odeur du scandale pourrait-on dire. De plus, le fait que vous vouliez un goûteur en permanence, en voyage et à domicile, me montre dans quelle situation psychologique vous devez être. Et cela m'a intéressé.

– Vous m'intriguez, mon ami.

– Ne soyez pas surpris outre mesure. Dans ce monde, certes, tout est basé sur l'intérêt. Je ne suis pas au-dessus de cette contingence, hélas ! Et je dois vous avouer que les conditions que vous m'offrez sont les meilleures que j'ai jamais reçues.

Acte II, scène 5

- C'est que votre réputation vous précède de loin. Alors, outre ces conditions supérieures, quel est votre intérêt ici ?
- Un intérêt purement personnel, je vous rassure.
- Mais encore ?
- J'aime les personnalités fascinantes et l'idée de vous côtoyer m'a semblé très attirante.
- Tout simplement ?
- Je vous l'ai dit. Cet intérêt personnel est, malheureusement, dénué d'envergure.
- Vous êtes prêt à faire des folies ?
- Dans mon cas, je fais des folies chaque fois que j'ouvre la bouche pour vous. Rien ne saurait donc m'empêcher de continuer à creuser ma tombe un peu plus.
- Votre ton cynique …
- Oui, je sais. Excusez-moi. Parfois je me laisse aller. Mais je sais aussi me contrôler.
- Et si parlions de moi maintenant ?
- D'accord. J'ai bien réfléchi à votre requête et j'ai en tête une idée qui va vous plaire.
- Très bien. Je veux faire face au risque immédiat. Confronter un risque extrême sur le champ, sans temps de latence pour se vautrer dans les affres de l'indécision, de l'angoisse. Quelque chose d'instantané et difficile à éviter.

Acte II, scène 5

— Cela correspond bien à mon jeu culinaire. Je vous propose donc de raccourcir le temps de décision à quelques secondes avant d'agir.
— Et cela aboutit à quoi ?
— Cela peut être fatal.
— Il y a une porte de sortie ?
— Il peut y en avoir une, selon les dispositions que l'on prend. Le seul problème est que je ne gagne rien à faire cela. Sinon, de gros ennuis en cas de dérapage.
— N'ayez crainte. Vous gagnez ma sympathie et ma reconnaissance pour me tirer de mon ennui … et un gros chèque en plus.
— A quoi me sert-il d'avoir un gros chèque en plus si je viens à perdre la vie ?
— C'est de toute façon ce que vous risquez, non ?
— Certes, certes. Mais actuellement j'ai le temps de rationaliser mon action, alors que dans ce nouveau scénario, …

Il se tait et aucun ne parle. Un silence lourd emplit la pièce. Le comte se met face à la fenêtre et fait mine de s'intéresser au passage des nuages.

— Je dois réfléchir !
— Prenez votre temps. Je vous rappelle que le chèque que vous encaisseriez pour ce jeu culinaire irait de toute façon à votre descendance en cas de … vous voyez ce que je veux dire.

L'autre hoche simplement la tête.

Acte II, scène 5

- Je veux simplement vous dire que ce jeu culinaire peut faire que l'on ne s'en sorte pas indemne.
- Parfait. Sans risque, pas d'attrait.
- De toute façon, j'ai compris que je ne suis qu'une distraction pour vous, mais une distraction essentielle parmi toutes celles que vous recherchez, car je brasse le vif de la vie et c'est cela qui vous fascine. En fait, vous aimeriez être moi !
- Vous m'avez déjà dit cela !
- C'est parce que je le sens profondément. Et je remarque que vous ne me contredisez pas. Je sais que votre peau prend l'aspect de chair de poule, je sens que vos poils se hérissent à la seule pensée de la goutte de poison qui vient se déposer sur votre langue. Oui, vous êtes vraiment comme moi.

ACTE III

Scène 1

Le goûteur seul

Le goûteur remplit un verre d'eau qu'il pose en évidence sur un guéridon. Puis sortant une fiole de sa poche, il en laisse tomber précautionneusement une goutte dans le verre. Il mélange le tout en remuant d'un mouvement circulaire.

– Ce chef, avec ses expérimentations sur les champignons, a des idées intéressantes mais pas très originales ! Il ignore que je fais la même chose que lui, non avec des champignons mais avec des gouttes. A chacun sa spécialité.

Il sifflote quelques notes, puis reprend :

– J'ai bien compris le comte. Il veut des émotions, des émotions fortes, des émotions destructrices. Eh bien, il va être servi. J'ai exactement ce qu'il lui faut.

Il élève le verre d'eau à hauteur de ses yeux et scrute le liquide.

– Qui pourrait voir ou deviner que ce liquide n'est pas de l'eau pure ? Je suis seul à savoir qu'il contient une quantité infinitésimale de poison !

Il a l'air heureux de cette pensée.

– On va y aller lentement, tout en douceur. Faut pas effrayer son éminence. Avec cette dosette, on va juste ébouriffer un peu le dandy psychologique qui sommeille en lui.

Acte III, scène 1

Un sourire éclaire son visage. Il pose le verre près d'une lampe allumée sur une étagère. La lumière éclaire le contenu du verre.

Scène 2

Le comte / le goûteur

Le comte entre dans la salle, ce qui fait se retourner le goûteur.

- Ah ! Vous voilà !
- Oui ! Je n'en peux plus d'attendre. Nous touchons au moment tant attendu qui doit me faire oublier jusqu'à mon existence !
- Si l'on arrive à oublier même temporairement les contingences terrestres, notre objectif sera déjà atteint.
- L'idéal serait de les oublier à tout jamais. Avez-vous eu le temps de concocter quelque chose de fort, d'extravagant, de dérangeant ?
- De fou ? Pourquoi ne pas le dire ? Car on parle ici de folie si je comprends bien. Vous voulez vous étourdir dans quelque chose qui vous fera oublier le présent. Or, ce quelque chose ne peut être que menaçant, voire dangereux.
- Oui, oui, c'est bien la conclusion à laquelle je suis arrivé. Je suis prêt pour l'aventure.
- Même si elle se termine mal ?
- A mon âge, on devient philosophe sur beaucoup de choses. Il faut bien mourir de quelque chose, non ?
- Vous êtes donc prêt à mourir ?

Acte III, scène 2

— Est-on jamais prêt ? Selon Montaigne, philosopher est apprendre à mourir, et c'est par là qu'il faut commencer. D'autre part, c'est tout de même vous mon mentor. Aussi, je ne devrais pas m'inquiéter.

— Vous savez bien me flatter. Mais il n'empêche, vous êtes quand même un peu fou.

— Si la folie est le fait de regarder les choses sous un angle différent, alors on l'est tous un peu ce me semble : celui qui risque sa vie à goûter la nourriture d'autrui tout autant que celui qui passe son existence dans l'angoisse d'être empoisonné. Vous êtes aussi un peu fou, avouez-le !

— Nécessité fait loi. J'ai besoin de manger, aussi fais-je ce métier. Il n'y aucune folie à cela ! Ou alors, disons que c'est une folie calculée.

— Vous êtes trop raisonnable. Envisager de mourir à chaque bouchée me semble totalement déraisonnable, quelles qu'en soient les raisons.

Il se tait, méditant sa prochaine réplique.

— Vous aviez mentionné un jeu, si je ne me trompe.

— C'est exact. Un jeu … culinaire.

— Voilà. L'expression m'avait paru suspecte.

— Ce n'est pas ce que vous croyez. J'ai imaginé un jeu à deux, vous et moi, dans lequel chacun de nous prend sa part de risque.

— Pourquoi donc vous exposer ainsi ?

Acte III, scène 2

— Pour goûter toute la saveur qui réside dans l'alternance des hasards entre les deux participants. Vous trouverez, à jouer avec moi, une jouissance encore plus grande.

— Vraiment ?

— Ce faisant, si vous le désirez, on peut aussi dériver vers la mithridatisation.

— Mais pourquoi cela ?

— Pour la même raison que Mithridate lui-même.

— Mais j'ai mes goûteurs !

— Peut-on se fier toujours à quelqu'un d'autre ? Je vous trouve un peu naïf.

Surpris par cette idée, le comte ne dit rien.

— Vous connaissez la roulette russe je suppose. Eh bien, il s'agit d'une roulette russe culinaire.

Le comte réfléchit et soudain son visage s'éclaire.

— Ainsi, vous me proposez le jeu de la mort et du hasard.

— En quelque sorte, oui. Vous comprenez donc l'intérêt d'être plusieurs.

Le goûteur se tourne vers le verre éclairé par la lampe.

— Voici notre première épreuve. Il faut simplement boire une gorgée de ce liquide.

Il prend le verre dans sa main.

— Regardez bien le pourtour du verre : sur la moitié de la circonférence, le rebord est de couleur dorée sur un

Acte III, scène 2

centimètre de hauteur, alors que sur l'autre moitié, il est incolore.

— A quoi cela sert-il ?

— Nous allons boire les deux dans le même verre. Mais chacun aura sa moitié de verre pour y déposer ses lèvres.

— Quel souci d'hygiène !

— Souci d'hygiène certes, mais surtout de protection.

— Comment cela ?

— Si quelqu'un voulait empoisonner le verre par contact buccal, il ne pourrait le faire que sur sa moitié et donc il ne pourrait pas contaminer l'autre.

— Très ingénieux. Mais nous ne sommes pas dans un duel à mort.

— Certes non. Mais ces verres sont parfois utilisés dans des contextes beaucoup plus extrêmes que le nôtre.

Le comte regarde le verre de plus près.

— Et à quoi servent aussi ces traits gradués de bas en haut ? On dirait une tasse à mesurer.

— Ces traits sont des indicateurs de mesure effectivement. Ils servent à délimiter la quantité à absorber par chaque participant lorsque c'est nécessaire.

— Mais comment savoir qu'on a absorbé exactement la bonne quantité ?

Acte III, scène 2

- Si l'on doit absorber une dose spécifique, alors on utilise des pailles, tout simplement. Ainsi, on peut visualiser la quantité à boire.
- Tout cela est très technique.
- C'est nécessaire. Le détail prend ici toute son importance.

Il pose alors deux pailles sur la table.

- Je vois que vous avez pensé à tout. Mais je ne sais pas ce qu'il y a dans ce verre.
- Cela n'a aucune importance vu que je vais boire aussi avec vous. Mais, pour satisfaire votre curiosité, j'ai versé, dans ce verre une gouttelette d'un poison léger, en quantité insuffisante pour vous déranger sérieusement. Tout au plus vous sentirez-vous temporairement pris d'un léger malaise.
- Excellent. Nous pouvons commencer quand vous voulez.
- Il ne faut boire qu'une dose de ce liquide, je vous le précise. En fait, il faut apprendre à goûter ce plaisir.

Le goûteur lève le doigt.

- Dans ce jeu, le goûteur – moi – a priorité.

Il trempe une paille dans le verre. Puis lentement, il aspire le liquide tout en gardant les yeux rivés sur le niveau du liquide et s'arrête lorsqu'il atteint le trait horizontal situé en-dessous.

- A votre tour !
- Vous passez avant moi pour me rassurer ?

Acte III, scène 2

- C'est la règle du jeu. Vous êtes ainsi sûr de ne mourir que si je meurs aussi.

Le comte trempe dans le verre la deuxième paille et aspire le liquide jusqu'à ce qu'il atteigne la mesure suivante.

– Alors, pourquoi participez-vous ?

– C'est pour vous accompagner. Je pense que c'est important. Même si, je dois vous l'avouer, je suis en partie mithridatisé.

– Comment ? Mais alors, cela n'est pas égal ?

– Vous avez donc peur ? Vous ne me faites pas confiance ?

– C'est à dire, je … je ne sais plus que penser. Nous nous connaissons depuis si peu !

– Certes. Mais quel avantage aurais-je à vous tuer ? Qui me fera mes chèques ? Et quid de ma récompense pour cette expérimentation hors contrat ?

– C'est vrai. Voilà un argument solide à considérer.

– De plus, c'est bien vous qui m'avez harcelé pour vivre des expériences différentes, n'est-ce pas ?

– Oui, c'est exact. Excusez-moi. Je suis un peu perdu. Ce jeu peut donc durer longtemps ?

– Certainement. Il peut durer si longtemps qu'on l'assortit parfois d'une activité parallèle. Ainsi, certains agrémentent leur roulette russe culinaire de parties d'échecs. Et si vous vouliez …

– Jouer aux échecs en frôlant le suicide ? C'est une idée quelque peu absurde, vous ne pensez pas ?

Acte III, scène 2

- Mais c'est bien cela que vous recherchez, non? Une expérience folle frisant le bon sens ?
- À tout bien considérer, plutôt que la placidité du jeu d'échecs, il y a quelque chose que j'aimerais bien.
- Et quoi donc ?
- La douceur d'une peau féminine.
- Ah non ! Il n'en est pas question !
- Et pourquoi donc ?
- La douceur féminine agirait dans le sens contraire recherché. Elle serait susceptible de vous détourner de votre désir d'expériences extrêmes. Vous pourriez rentrer à nouveau dans le chemin du conformisme bourgeois.
- Il n'est pas question d'être prisonnier des sens mais de les assouvir encore une fois.

À ce moment-là, Firmin entre dans la pièce en coup de vent. Il va droit à son maître et lui murmure quelque chose à l'oreille.

- Vous pouvez parler fort devant Monsieur. Qu'avez-vous dit ?
- Madame désire voir Monsieur.
- Mais pourquoi ? Je suis occupé.
- Elle m'a simplement chargé de vous dire que c'est de la plus haute importance.

Le comte a l'air ennuyé. Il finit par dire, un peu à contre coeur.

Acte III, scène 2

— Très bien. Dites-lui que j'arrive.

Il se tourne vers le goûteur, l'air résigné en haussant les épaules.

— Ah ! Les femmes ! Vous m'excuserez. Je ne serai pas long.

— Je vous en prie. Ceci ne compromet en rien notre expérience, du moins si vous ne penchez pas pour la douceur d'une peau féminine !

— Avec ma femme ? Ridicule !

Le comte se lève mais doit s'appuyer à la table pour ne pas perdre l'équilibre.

— Crénom ! Votre liquide fait déjà son effet ?

— Cela est possible. Vous vous êtes levé trop brusquement. Or il faut agir avec pondération. Mais vous ne craignez rien. Marchez lentement.

Le comte s'éloigne, les bras ballants comme pour mieux assurer son équilibre. Puis il disparaît.

Scène 3

Le goûteur seul puis avec Firmin

— Ah ! Les femmes ! Les femmes !!!

Il s'approche de la baie vitrée et se plante devant, en admiration des grands arbres du parc. Il n'entend pas arriver Firmin qui toussote légèrement pour attirer son attention.

— Que Monsieur veuille bien m'excuser.

Le goûteur se retourne, surpris.

— Ah ! Firmin ! Que se passe-t-il donc ?
— Eh bien, voilà Monsieur. Madame m'a chargé de vous remettre ce mot en mains propres et seul à seul.
— Madame ? A moi ? Diantre !

Il prend le pli et regarde Firmin dans les yeux.

— Seul à seul avez-vous dit ?
— C'est exact, Monsieur.

Il commence à s'éloigner de quelques pas puis revient vers Firmin.

— Depuis combien de temps êtes-vous ici ?
— Depuis un grand nombre d'années, Monsieur.
— C'est ce que je pensais. Vous me faites l'effet d'être exactement à votre place : le serviteur dévoué, discret et parfait !

Acte III, scène 3

— Monsieur est trop bon.
— Et, donc, vous vous plaisez ici je suppose.
— Je jouis de conditions de travail que je ne trouverai nulle part ailleurs.
— Cela est bien bon donc. Mais vous plaisez-vous ?
— Le plaisir que l'on éprouve dans son travail ne peut se partager avec autrui.
— Ah ? Et pourquoi donc ?
— Parce qu'il est variable à l'infini et dépend de critères indéfinissables.
— Mais le salaire, les vacances …
— Le plaisir de son travail se trouve dans le travail lui-même. Tout le reste n'est qu'accessoire.
— Vraiment ? Quelle philosophie surprenante.
— Le rapport avec les gens et donc celui de l'employé avec son employeur est la seule chose susceptible de faire vraiment apprécier son travail.
— Alors vous m'obligez à vous demander comment sont vos rapports avec le comte !
— Ils sont excellents. Je m'entends très bien avec Monsieur le comte. Merci de votre question.
— J'ai une autre question à vous poser. Est-il courant que Madame envoie des billets discrets à des inconnus de la maison pendant qu'elle attire son mari ailleurs ?
— Je ne saurai répondre à cette question.

Acte III, scène 3

— Pourtant, vous savez si vous avez déjà opéré de cette manière quand même ?

— Je ne puis rien vous dire à ce sujet, Monsieur. Excusez-moi.

Sur ce, Firmin s'incline et sort d'un pas mesuré. Le goûteur le suit du regard en hochant la tête. Puis il se souvient du message qu'il tient à la main.

— Eh bien ! Voyons ce que contient ce pli.

Il le déplie puis se met à lire à haute voix :

« Ton rameau de glycine posé sur ma poitrine m'enivre de son parfum qui me pousse vers toi. »

Il se met à relire plusieurs fois et en silence le mot poétique et va s'appuyer au chambranle de la porte fenêtre. Il se murmure à lui-même :

— Quand une femme devient lyrique, elle est déjà sous la coupe de l'amour.

Il s'assoit à la table et se met à écrire fébrilement. Parfois, il mâchonne le bout de son stylo, le temps de trouver le mot juste pour continuer son texte. Enfin, il plie le papier, le met dans sa poche et se lève. En sortant de la pièce, on l'entend dire :

— Elle sera bien heureuse quand Firmin lui remettra ce billet.

Acte III, scène 4

Scène 4

Le comte puis avec le goûteur

Le comte rentre dans la pièce en bougonnant. Il met un certain temps à reprendre sa respiration.

— La peste soit des femmes ! Me déranger pendant ce moment si unique ! Durant mon expérience mystico-existentielle !

Il regarde à droite et à gauche, à la recherche du goûteur.

— Mais où est donc mon homme ? Holà ! Monsieur le goûteur ! Venez donc goûter avec moi ! C'est pour cela que je vous paye et vous disparaissez au moment crucial !

Le goûteur arrive sans se hâter.

— Rappelez-vous mes conseils : marchez lentement ! Restez calme !

— Oui, vous avez raison.

Il s'appuie à une table et reprend lentement son souffle.

— Comment vous sentez-vous ?

— J'ai la tête un peu légère mais aussi troublée … par ma femme.

Il se détourne et enfourne un cachet dans sa bouche.

— Excusez-moi. Une petite indisposition.

Acte III, scène 4

— Nous allons essayer d'oublier tout cela. Il le faut si vous voulez profiter de votre expérience en cours.

— Vous avez raison.

— Alors, nous passons à notre deuxième étape. Prenons place à table.

Il présente une assiette recouverte d'une serviette qu'il enlève, dévoilant deux olives noires.

— Voilà notre prochain plat. Chacun de nous a droit à une olive.

— L'égalité parfaite !

— Pas vraiment. Une de ces deux olives et une seule contient un élément qui lui a été injecté par moi.

— De quoi s'agit-il ?

— D'une dose hyper-légère de poison qui fera tourner légèrement la tête.

— Et qui va donc en profiter ?

— Nul ne sait. Car vous allez choisir l'olive que vous voulez. Ainsi, il n'y aura pas de tricherie.

— Cela me semble correct. C'est vraiment le principe de la roulette russe.

— Sauf que nous mangerons ensemble. Le principe de la simultanéité est nouveau dans ce contexte.

— Et tellement excitant !

— C'est exact. Alors, à vous de choisir.

Il hésite longuement avant de prendre une olive. Le goûteur prend l'autre et chacun mâche lentement son olive en se

Acte III, scène 4

regardant l'un l'autre. Le comte se saisit d'un verre vide et se sert une rasade d'eau. Le goûteur lui tend un autre verre vide que le comte remplit.

- Dans de pareils moments, quand on sent l'étincelle de vie qui meut dans notre être et qui vibre encore, on se demande pourquoi l'on vit.
- Oui, et on se demande surtout pour quoi l'on vit.
- To be or not to be !
- Yes, that is the question.
- Pourquoi alors chercher à se mithridatiser ?
- Mais pourquoi pas ? Si on considère cette idée comme une occupation pour passer le temps, ou bien comme un objet d'investigation quasi-scientifique et non comme une affaire de vie ou de mort, alors elle a toute sa place dans notre vie, me semble-t-il.
- Ce n'est pas ce qu'a fait Mithridate.

Je vous rappelle que nous ne sommes pas en train de procéder à une mithridatisation. Nous essayons de vivre une expérience unique, en tentant de briser le mur mystico-spirituel par l'absorption mesurée de substances hallucinogènes.

- Où cela va-t-il nous mener ?
- Nous n'en savons rien.
- Cela n'a probablement jamais été tenté.
- Très probablement. On pourrait l'appeler la grande poisonnerie. Vous savez, en allusion à *La grande Bouffe*.

Acte III, scène 4

- Vous parlez de ce film où le but est de se suicider en se bâfrant ?
- Oui. C'est une expérience truculente.
- Qui finit en catastrophe tout de même.
- Mais c'est là le but de ces noceurs. Alors qu'en ce qui nous concerne, ce n'est ni une fin glorieuse ni grotesque que nous recherchons, non, c'est une découverte à travers un chemin inédit. Le plaisir par le poison !
- Ah ! Que c'est bien dit. Oui, c'est en quelque sorte cela. Le plaisir par le poison, tout comme on dirait le bien par le mal.
- Les Fleurs du Poison en quelque sorte !
- L'effet indésirable de l'olive, c'est pour dans combien de temps ?
- Cela dépend de certains facteurs comme la quantité ingurgitée ou la corpulence du sujet. Mais n'anticipons pas là-dessus. Le mieux est de ne pas y penser et je propose à nouveau de commencer une partie d'échecs.
- Franchement, je dois vous avouer que cela ne me tente guère.
- Pour ne pas s'inquiéter, il faut pourtant bien penser à quelque chose.
- Je préfère alors l'échange spontané.
- Que voulez-vous dire ?

Acte III, scène 4

- L'échange oral spontané et direct entre vous et moi sur tout sujet. La sincérité dans toute sa nudité.
- Cela semble difficile.
- Mais pas dans notre cas.
- Pourquoi ?
- A cause de cette situation inédite qui, en ce moment, nous fait vivre un moment clé de notre vie : notre passé n'importe plus et le futur probablement non plus, si l'un de nous n'en réchappe pas. Ainsi, même si l'échange est cruel, il n'aura pas de conséquences fâcheuses car le survivant n'aura plus d'objet à son ressentiment.
- Effectivement, vu comme cela, on peut abonder dans votre sens. Alors, c'est vous qui commencez ?
- Très bien.

Il se concentre et soudain son visage s'éclaire.

- Votre femme me plaît.
- Il n'y a rien de choquant à cela. C'est une magnifique créature et j'ai déjà entendu maints éloges à son sujet.
- Elle me plaît et je veux la posséder.
- Ton homme censé dirait la même chose.
- Je ne veux pas seulement le dire mais je veux aussi le faire …
- Vous ne craignez pas ma réaction ?
- Non, car en fait je veux votre approbation.

Acte III, scène 4

— Mon approbation ? C'est plutôt celle de ma femme que vous devriez rechercher, me semble-t-il. A moins que vous ne soyez un adepte du viol ?

— Votre cynisme me fait soupçonner que vous me semblez réticent tout de même.

— Avez-vous réfléchi que la dose injectée dans l'olive n'est pas censée tuer mais simplement exciter. Où allons-nous donc avec cette conversation ?

— Mais il est entendu, qu'au-delà de l'olive, on continue cette roulette jusqu'à son dénouement naturel, n'est-ce pas ?

— Cela n'a jamais été précisé. Mais on peut bien sûr en discuter.

— Eh bien moi, je suis pour le jusqu'auboutisme.

— Vous me semblez bien assuré dans votre conviction et je crains que vous ne cherchiez à me contrevenir.

— Vous ne me faites pas confiance ?

— C'est devenu difficile depuis votre aveu concernant ma femme.

— J'ai bien précisé que je voulais votre approbation.

— Certes. Mais je dois y réfléchir. Mais parlons de vous un petit peu, si vous le voulez bien.

— Eh bien, je vous écoute.

— Votre réputation me laisse parfois songeur.

— Pouvez-vous être plus clair ?

Acte III, scène 4

— Dans les recommandations que j'ai reçues à votre sujet, j'ai parfois lu des choses troublantes.

— Ah oui ? Et quoi donc ?

— Par exemple votre tendance au sadisme.

— Comment a-t-on justifié cela ?

— Par la façon dont vous tuez les animaux dans les cuisines.

Le goûteur s'esclaffe de rire.

— Les gens n'ont vraiment aucune fantaisie. Pour tuer un animal, il suffit de tordre un cou. Je ne vois pas ce qu'il y a de sadique à faire craquer des vertèbres cervicales de volatile dans un but culinaire.

— Plusieurs témoignages mentionnent un état d'excitation anormal de votre être dans ces moments cruciaux : vous perdriez tout contrôle, jusqu'à vous oublier.

— Qu'est-ce que cela veut dire ?

— Que vous ne respecteriez plus personne. Vous seriez allé jusqu'à des gestes obscènes.

— J'apprécie grandement le fait que vous parliez au conditionnel ! Vous prêtez attention à de simples racontars qui ne sont étayés d'aucune preuve, vous entendez : aucune !

— Il n'y a pas eu qu'un seul témoignage. De plus, votre hargne à prouver votre innocence peut au contraire indiquer que …

— Le mot innocence est choquant ici. J'aurais préféré un autre mot. Mais votre choix linguistique indique que vous êtes très influençable et que vous manquez de recul.

— Vous êtes soudain devenu très critique.

— Nous sommes dans l'échange spontané où se révèle le fond des personnalités.

— Ce que l'on voit est donc très trouble.

— Vous ne voyez que ce que vous voulez voir, et à partir de sources discutables. D'ailleurs, les recommandations me concernant étaient-elles mauvaises ?

— Au contraire, elles étaient excellentes.

— Et qu'en déduisez-vous donc alors ?

— Que vos anciens maîtres vous admiraient et vous craignaient en même temps.

— Ah ! Ah ! Ah ! C'est en général l'employé qui craint son maître, non ?

— Pas quand l'employé agit d'une manière … fantasque et imprévisible.

— Ainsi, vous n'êtes pas prêt à lâcher la bride à votre femme ?

— Qu'est-ce qui vous fait dire cela ? Et d'abord, que voulez-vous dire par lâcher la bride ?

— Je croyais que dans votre milieu, vous étiez libérés d'un certain nombre de préjugés concernant le sexe et que la liberté sexuelle faisait florès.

Acte III, scène 4

- La liberté sexuelle ne se conçoit que dans l'échange. Qu'avez-vous à me proposer ? Si je mets ma femme en balance, il me faut bien quelque chose en échange.
- Je vous offre le droit de nous regarder.
- Un peep-show ? Avec vous et ma femme ? On est bien loin du monde gustatif.
- Pas vraiment. Car je vais corser ce spectacle en jouant avec votre femme.
- Que voulez-vous dire par jouer ?
- Jouer comme nous jouons maintenant tous deux. Le grand jeu culinaire.
- Ah ! je vois ! Quelle imagination vous déployez ! Vous devez vraiment tenir à ma femme !
- Je vous ai déjà dit tout le bien que je pense d'elle.

ACTE IV

Scène I

Comtesse / Firmin

La femme marche sur le perron de la demeure. Firmin surgit.

- Ah, Firmin ! Que voulez-vous ?
- Notre invité m'a chargé de vous remettre un pli. Il dit que c'est important.
- Oh ! Très bien. Posez-le sur cette table.

Firmin s'avance et pose le mot. Puis il demande :

- Y a-t-il une réponse ?
- Non, pas pour l'instant. Vous pouvez disposer.

Alors qu'il sort, elle décachète le pli et lit à haute voix :

> « Je veux, de ta poitrine, écarter la glycine pour enfoncer les épines d'aubépines. »

Elle pousse un petit cri de surprise.

- Mon Dieu ! C'est ... renversant !

Elle a les joues rouges et s'aère le visage en utilisant le pli comme un éventail. Puis elle se met à marcher en chantonnant, dodelinant de la tête, un fin sourire aux lèvres.

Acte IV, scène 2

Scène 2

Comtesse puis le chef

Entre le chef

- Madame, je suis venu prendre vos ordres.
- Ah ! Merci. Voyons, où en étions-nous ?
- Eh bien, actuellement nous avons les commandes de repas prêtes jusqu'à après-demain.
- Après-demain ? Bien. Nous avons donc un peu de marge.
- Très peu. Je préconise une série de commandes pour la semaine complète.
- Oui, je sais que vous aimez voir clair dans votre agenda et je le comprends fort bien. Cependant, il y a un nouveau critère dont je veux vous parler.
- Lequel ?
- Le fait qu'il y a quelqu'un de nouveau au château.
- Et qui donc ? Le nouveau goûteur ?
- C'est exact.
- Je ne vois pas en quoi sa présence pourrait être un facteur important. Il est simplement un employé de maison de plus.

— A la différence près qu'il semble vouloir être très impliqué dans la nourriture. Aussi faut-il tenir compte de son avis.

— Je ne sais trop ce que vous voulez dire. C'est moi le chef tout de même.

— Je le sais bien mais je ne veux pas assister à un combat entre goûteur et chef comme cela peut arriver parfois. C'est pourquoi je désire que vous collaboriez en tenant compte de ses remarques dans vos choix et préparations.

— On verra ce qu'on peut faire.

— Écoutez ! Je vous demande simplement d'écouter ses remarques et si elles sont frappées au coin du bon sens, de les suivre. Comme si c'est moi qui les faisais.

— Très bien Madame.

Ils sortent tous deux.

Acte IV, scène 3

Scène 3

Le comte puis le goûteur

Le comte lit un livre d'une manière très attentive. Il hoche la tête, se lève, fait quelques pas, s'arrête tout en continuant à lire.

— Très intéressant. Vraiment surprenant !

Rentre alors le goûteur.

— Ah ! Monsieur le goûteur ! Quel plaisir de vous voir. J'ai justement à vous parler.

— Eh bien, me voici !

— C'est au sujet de notre conversation antérieure, vous vous souvenez lorsqu'on a parlé de Mithridate ?

— Oui, bien sûr !

— Eh bien, je viens de découvrir quelque chose d'inédit pour moi.

— Je vous écoute.

— Mithridate ne savait pas ce qu'il faisait !

— Ah ?

— Eh non ! À son époque, on ignorait encore beaucoup de choses sur les poisons.

— Expliquez-vous !

Acte IV, scène 3

— Mithridate avalait de petites doses de poisons afin d'y devenir résistant. Mais il ne savait pas que certains poisons comme le mercure ou l'arsenic ont une toxicité chronique longue.

— Continuez !

— Ce qu'il faisait ne servait à rien puisque ces poisons n'agissant que lentement dans le temps, les doses s'accumulaient dans son corps.

— C'est un fait qu'au moment de sa mort, les poisons qu'il a pris n'ont pas agi et il a dû se résigner à mourir par l'épée.

— Oui, car les doses qu'il avait emmagasinées n'avaient pas encore fait leur effet. La toxicité immédiate de certains poisons est relativement faible.

— Il n'a donc pas eu à en souffrir.

— Non. La guerre l'a rattrapé et il est mort par le glaive, incapable de trouver un poison capable de l'emporter.

— Que d'efforts déçus !

— Laissons donc Mithridate et concentrons-nous sur nos propres problèmes.

— Vous avez raison. Nous venons de passer la deuxième épreuve, celle de l'olive noire.

— Comment vous sentez-vous ?

— Pour tout vous dire, pas très bien. Mais je ne sais si je dois attribuer ce malaise à votre olive ou à ma femme.

Acte IV, scène 3

- Ce que vous dites me confirme qu'il vaut mieux éviter tout contact avec la gent féminine pendant nos expériences.
- Je ne suis pas vraiment d'accord. Les femmes sont le meilleur moyen de s'oublier.
- Mais c'est aussi le meilleur moyen pour oublier tout le reste. Ce dont on peut se repentir une vie entière parfois.
- Seriez-vous misogyne par hasard ?
- Vous devriez poser cette question à ma femme. Je vous signale que l'amour n'exclut pas la lucidité.
- Vous me faites penser à Gide qui lui n'hésitait pas à écrire carrément que *quiconque aime vraiment renonce à la sincérité.*

Après un moment de silence, le goûteur reprend :

- Et que diriez-vous de reprendre notre échange oral spontané ?
- Oui, nous l'avions quitté sur le thème du sadisme…
- Dont vous m'accusiez !
- C'est en tout cas un ouï-dire…
- Vous vous dédouanez bien facilement avec cette pirouette. Mais peu importe. Je propose de vous avouer un autre aspect de mon moi.
- Allez-y !
- Je suis en train de vous empoisonner.

Acte IV, scène 3

– Cela, je le sais. C'est tout l'objet du jeu, si j'ai bien compris, n'est-ce pas ?

– Certes, mais vous ne savez pas dans quelle proportion …

– Et je ne veux pas le savoir. Rappelez-vous notre marché. Je veux de l'inédit, de l'inattendu, de la folie !

– C'est vrai que vous êtes insaisissable comme l'anguille.

– C'est à votre tour de m'étonner.

– Mon château pourrait devenir votre tombe.

– Comment cela ? Pouvez-vous expliquer ?

– Eh bien, vous êtes goûteur et vous venez ici pour exercer votre métier alors qu'un goûteur a déjà péri ici. Cela ne vous inquiète pas ?

– Le devrais-je ? Cette personne est morte pour une cause professionnelle ou non ?

– Personne ne peut le prouver. On sait qu'un employé des cuisines a disparu après le décès du goûteur. Les soupçons se sont portés sur lui, mais quand on l'a retrouvé, il venait de périr dans un accident.

– Curieuse coïncidence !

– On ne saura jamais le fin mot de l'histoire. Mais cela importe peu en réalité. Je vous annonce simplement que vous prenez un immense risque à venir ici dans votre capacité. Rien d'autre.

Acte IV, scène 3

- Comment pouvez-vous penser que je cours plus de risques ici qu'ailleurs en ma qualité de goûteur ? Si tel était le cas, votre réputation en souffrirait.
- Vous rationalisez ce qui vous échappe.
- Ce jeu de l'échange spontané crée beaucoup de tension.
- Oui, mais vu les révélations réciproques dont on se gratifie, je considère que la tension est très bien contenue. Entre cocuage plausible et empoisonnement vraisemblable, on serait facilement nerveux à moins que cela.
- Nous sommes en fait dans l'écume de la folie, on surfe sur la grande vague où l'on perd la notion d'équilibre psychique. Mais c'est bien ce que vous vouliez, n'est-ce pas ?

Le comte hoche la tête. Puis il quitte la pièce.

Scène 4

Le goûteur puis la comtesse

Le goûteur s'assoit dans un fauteuil et ferme les yeux en poussant un soupir. Au fond entre la femme. Elle vient vers le goûteur et se pose sur l'accoudoir du fauteuil.

- Vous avez l'air épuisé. Mon mari vous fatigue donc tant que cela ?

Le goûteur sursaute et ouvre les yeux, surpris.

- Oh, excusez-moi. Je ne vous avais pas entendue.

Il se lève et rajuste ses vêtements.

- Vous avez l'habitude de fondre ainsi à l'improviste sur les gens ?
- Pas du tout. C'est votre état de repos qui a causé cette situation. Êtes-vous reposé ? Vous étiez levé bien tôt ce matin.
- C'est exact. Je me reposais car j'ai discuté longtemps avec votre mari.
- Je comprends fort bien ce que cela implique.

Elle tourne autour du goûteur qui tourne sur lui-même pour la suivre du regard.

- J'ai bien reçu votre mot.

Le goûteur manifeste une gêne. Il toussote légèrement et ne sait que dire. Elle continue :

Acte IV, scène 4

— Vous avez un don certain.

— Je suis content de voir que mon texte ne vous a pas choquée.

— Il m'en faut plus que cela, sachez-le.

Il lui saisit la main et l'attire près de son visage.

— Que voilà une bien belle bague !

— Merci, c'est un vieux souvenir.

— Le chaton est magnifique. Et cette émeraude de toute beauté.

Il touche de ses doigts la bague qu'il observe de plus près.

— C'est une bien belle arme. Fort dangereuse en réalité.

— Je vois que vous êtes connaisseur.

— Cela fait tout de même partie de mon métier. Je dois tout savoir sur les poisons. Et vous en servez-vous ?

— Cela m'est arrivé.

— J'espère que vous imitez Mata Hari plus que César Borgia qui tuait les gens avec une fine aiguille cachée dans le chaton et qu'il plantait dans la nuque ou dans la paume de la main de ses victimes.

— Alors que Mata Hari utilisait sa bague poison pour y mettre des aphrodisiaques afin de séduire facilement les hommes et abuser d'eux. C'est cela que vous voulez dire ?

— Je vous imagine très bien dans ce rôle. Une mangeuse d'hommes.

Acte IV, scène 4

- N'oubliez pas que Mati Hari avait un but plus noble que la simple séduction.
- C'est exact. Et vous, quel est donc votre but ?
- Je vous laisse imaginer ce que vous voulez. Sachez simplement que la vie n'est pas toujours facile pour une femme.
- Vous êtes une des très rares personnes que je connaisse à porter une bague poison.
- Une bague poison peut n'être qu'une bague tout simplement.
- Là où rôde le poison prospère aussi l'intrigue.
- Là où prospère l'intrigue abonde aussi la peur.
- Il y a beaucoup d'intrigues ici ?
- Plus qu'on ne l'imagine.
- La simple présence de votre bague poison me fait augurer mal du futur.
- Je vous ai déjà dit que ceci n'est qu'une simple bague pour moi. Vous dramatisez tout.
- Pour tout ce qui concerne mon métier, je suis plutôt lucide et ne laisse rien au hasard.
- On peut se tromper, tôt ou tard.

Elle se lève et disparaît.

Acte IV, scène 5

Scène 5

Goûteur et Firmin

Firmin s'avance vers le goûteur.

- Monsieur, le thé est servi.
- Merci beaucoup, Firmin, mais étant goûteur, je n'ai besoin de rien.

Firmin soulève un sourcil.

- Que Monsieur m'excuse, mais je ne comprends pas.
- Oh, c'est bien simple. Votre souci principal est de veiller à ce que l'estomac de vos invités soit toujours dans un état de satiété. Or, pour moi, l'estomac est la partie la plus sensible et la plus importante de mon corps. Aussi, je dois m'en occuper moi-même.

Firmin opine de la tête.

- Je comprends bien monsieur. Mais ici, le thé est un moment officiel de la journée où tout le monde peut se rencontrer. Monsieur et Madame vont arriver dans quelques instants.
- Dans ce cas, je veux bien prendre non pas le thé mais simplement une tasse de thé nature.

Firmin s'incline.

- Monsieur et Madame seront heureux de pouvoir compter sur vous.

Le comte et sa femme arrivent à ce moment-là dans la pièce. Ils ont l'air de se disputer.

Acte IV, scène 5

— Ah, monsieur le goûteur. Ma femme et moi ne sommes pas d'accord sur un point que vous pourrez peut-être éclaircir pour nous.

— Je serai heureux si je puis vous aider.

— C'est d'une question culinaire qu'il s'agit. Ma femme et moi envisageons, suite à vos idées, d'innover dans le domaine culinaire en essayant de nouveaux mets.

— Oui, nous discutions de goûter les huîtres du Colorado. Je crains que cela ne soit un tantinet amer et assez peu ragoûtant alors que mon mari croit au contraire que ces huîtres doivent être succulentes et il essaie en vain de me convaincre de les goûter. Quelle est votre opinion ?

— Ne serait-ce pas plutôt au chef qu'il faudrait poser cette question ?

— C'est vous qui avez fortement conseillé à mon mari des mets exotiques et c'est à ce titre que je vous questionne.

— Mon expérience des huîtres du Colorado est très limitée mais je peux vous parler en connaissance de cause des « cojones de toro » d'Espagne.

— Cela fera l'affaire.

— Je ne sais pas si les huîtres du Colorado ont un élément qui les rend uniques par rapport à l'endroit d'où elles sont. Pour moi, un taureau est un taureau, d'où qu'il vienne.

— Oui, ils sont tous pareils, comme les hommes.

— Mais que veux-tu dire ma chérie ?

Acte IV, scène 5

- Ne joue pas l'effarouché. Tu sais très bien ce à quoi je fais allusion, toi qui adores te pavaner pouliches et gazelles !
- Ma femme a une tendance à confondre les vachettes et les taureaux.
- Quelle remarque stupide. On se demande à quoi elle rime. Et quand je te vois parfois …

Elle s'arrête, l'air très agité et des reflets ardents passent dans ses yeux. Puis elle s'assoit sur une chaise en regardant le goûteur.

- J'ai un conseil à donner pour déguster les huîtres que vous mentionnez : c'est de ne pas oublier d'enlever la première membrane extérieure des testicules avant de les ébouillanter et ensuite enlever la deuxième membrane extérieure. On peut alors les faire dorer avec des oignons.
- D'autres les passent dans une préparation de vin rouge, vinaigre et tabasco avant de les frire dans l'huile chaude.
- Aucune de ces recettes ne me plaît.
- Malheureusement, on ne peut gober ces testicules comme de simples huîtres de mer. Vous comprenez bien pourquoi.
- Et la verge du taureau ? Qu'en pensez-vous ?
- Il se dit que la texture est plus ferme que celle du bœuf et que c'est plus difficile à avaler. Mais je refuse de m'aventurer plus avant dans des domaines que je n'ai pas moi-même explorés.

Acte IV, scène 5

— C'est sûr que les testicules, avec un peu de tofu, seront plus moelleux.

Le comte rit de sa sortie. Firmin s'approche avec une tasse de thé nature qu'il offre au goûteur.

— Voici le thé que Monsieur a demandé.
— Firmin, vous ne m'avez pas compris. Quand j'ai dit que je m'occupe moi-même de mon estomac, cela veut dire que je dois préparer moi-même ce que je vais consommer.

Firmin le regarde, perplexe. Le comte intervient.

— Firmin, prenez cette cuillère, remplissez-la de ce thé et buvez.

Firmin ouvre des yeux grands comme des soucoupes.

— Mais Monsieur, jamais je n'oserai …
— Bon, alors retirez-vous.

Firmin salue bien bas et s'en va rapidement.

— Il est superstitieux et voit le poison partout.
— Mais c'est lui a préparé le thé !
— Oui, mais la cuillère que je lui ai présentée venait de moi.
— Et il a peur de vous ?
— Non pas de moi, mais de la cuillère. Ici, tout le monde a peur de tout le monde aujourd'hui.
— C'est dû aux événements étranges que nous avons vécus ici.

Acte IV, scène 5

— Pourquoi dites-vous étranges ? Un goûteur est mort dans l'exercice de sa profession, il n'y a là rien d'étrange.

Le comte et la comtesse se regardent rapidement mais cela n'a pas échappé au goûteur.

— Pour être devrait-on dire plutôt des événements pénibles.

Sur ce, la femme pose sa tasse et quitte la salle.

— Puisque nous sommes les deux tous seuls, je veux agir en tant que vôtre goûteur.

Le comte plonge la cuillère dans la tasse de thé que le goûteur tient toujours à la main. Il boit en faisant un grand bruit de bouche.

— Mais que faites-vous ? C'est moi le goûteur ici. Vous intervertissez les rôles.

— Cela est vrai, mais est-ce si important après tout ? Cela fait partie du grain de folie qu'il faut parfois mettre dans sa vie, ne pensez-vous pas ?

— Vous parlez comme moi en ce moment.

— Très bien. Mais rappelez-vous que dans notre roulette russe culinaire, il n'y a plus de logique. Tout peut arriver inopinément. De plus, entre nous soit dit, vous avouerez que je prends vraiment peu de risques.

Acte V

Scène 1

Le comte puis le chef

Le comte éteint son écran d'ordinateur. Il sonne et Firmin se présente.

— Firmin, veuillez demander au chef de venir ici.

— Bien Monsieur.

Le domestique sort. Le comte fait quelques pas, l'air préoccupé. Quelques instants plus tard, le chef apparaît.

— Monsieur m'a appelé ?

— Ah ! Oui, merci d'être venu. Je voulais avoir une discussion avec vous.

— Est-ce qu'il y a un problème ? Vous avez des critiques à faire sur mon service ?

— Oh non, pas du tout. Je suis très satisfait de ce que vous faites. Il s'agit d'autre chose, mais toujours en rapport avec votre art.

— Eh bien, je vous écoute.

— Alors, voilà. Je viens de regarder un film des années 70, que vous connaissez sûrement, *La Grande Bouffe*.

— Je le connais. Toute ma profession a été très agitée par cette bacchanale.

— Ah, c'est ainsi que vous le qualifiez ?

Acte V, scène 1

- Certainement. Mettez-vous à la place de professionnels qui considèrent leur métier comme un art. Tout ce que montre ce … film, c'est le contraire de la gastronomie.
- Pourtant, les mets que prépare le chef ont l'air succulent.
- C'est de la confiture donnée aux cochons. Car quand même, tout cet art culinaire est destiné à … à de la bâfrerie.
- Je suis d'accord avec vous que la conclusion n'est pas très édifiante. Mais c'est sur autre chose que je voudrais avoir votre opinion.
- Je vous écoute.
- C'est sur le message.
- Quel message ?
- Eh bien, vous savez, l'épicurisme jusqu'auboutisme, la titillation des papilles jusqu'à l'apparition des premiers râles. Je trouve qu'il y a quelque chose qui mérite qu'on y réfléchisse, quelque chose que je qualifierai d'impressionnant, presque d'étourdissant …
- Vous m'excuserez, mais je ne partage pas du tout votre point de vue. Pour moi, ce qu'on entrevoit après cette orgie, c'est le passage obligé par l'endroit où tombent en ruines les chefs d'œuvre de la cuisine.
- Vous restez à un niveau trop simpliste. Savez-vous par exemple que ce film a fait trembler des régimes politiques et que des dictateurs l'ont mis à l'index ?

Acte V, scène 1

- Vraiment ?

- C'est ce qu'a fait Franco qui l'a interdit en Espagne. Avec la conséquence que les Madrilènes se déplaçaient pour le voir jusqu'à Biarritz et Perpignan où il est resté à l'affiche pendant des années.

- Cela signifie simplement que les gens aiment la décadence. Ce film a rabaissé l'art culinaire.

- Il y a pourtant quelque chose qui m'interpelle à ce sujet. Incidemment, que pensez-vous du suicide par la gastronomie ?

Le chef observe le comte longuement avant de répondre.

- Vous devriez plutôt dire le suicide par la gloutonnerie. Car vous n'arriverez pas au suicide par la gastronomie. Mais quelle étrange question. Vous ne songez pas à quelque folie de ce genre tout de même ?

- Je tiens simplement à me renseigner.

- C'est que, parfois, les gens riches ont des caprices propres à surprendre tout le monde.

- Je suis curieux de savoir par quelles étapes passe quelqu'un qui veut faire la culbute ainsi.

- Imaginez que vous êtes une oie et qu'on vous gave, sans arrêt : un gavage trois fois par jour, pendant trois semaines.

- Mais les oies ressentent-elles une quelconque jouissance durant ce processus ?

- De la jouissance ? A vous de décider si vous désirez recevoir un entonnoir enfoncé dans votre gosier et

Acte V, scène 1

  dans lequel on pousse de la bouillie de maïs avec un bâton ou pire avec des machines capables de gaver 300 oies à l'heure.

— Là, vous ne me parlez que du gavage industriel. Je faisais allusion au bon gavage.

— Vous vous illusionnez ! Je ne vois pas comment ces animaux pourraient trouver du plaisir. Vous me faites penser à ces machos qui soutiennent que l'on peut éprouver de la jouissance tout en étant violé.

— Vous vous égarez un peu. Je pense à la jouissance de la table uniquement.

— Ne comptez pas sur moi pour vous procurer des spasmes d'estomac en vous gavant comme une oie.

— Laissez de côté ces comparaisons déplaisantes.

— N'y a-t-il pas quelque chose de paradoxal dans le fait que vous seriez prêt à considérer un suicide culinaire alors même que vous avez à votre service un goûteur qui est précisément là pour vous empêcher de périr par la nourriture ?

— Effectivement vous avez raison, sauf que ...

— Sauf que quoi ?

— Sauf que les deux ne sont pas incompatibles.

— Je ne comprends pas ce que vous voulez dire.

— Je reconnais que cela a peut-être l'air illogique, mais suivez le raisonnement : nous devons tous mourir, n'est-ce-pas ? À partir de ce postulat, on peut vouloir choisir sa mort, peut-être pour éviter la douleur, peut-

Acte V, scène 1

être même pour ajouter un peu de plaisir si cela est possible. Pourquoi pas, hein ?

— Cela est facile à dire.

— Mais avec des spécialistes, on peut arriver à bien des choses.

— Si vous pensez à quelque chose de bizarre, ne comptez pas sur moi. Je ne veux pas tremper dans une embrouille.

— Je respecte votre point de vue, ne vous en faites donc pas. Je vois votre réticence et l'accepte. Vous ne serez sollicité pour rien d'autre que ce que votre contrat prévoit.

— Je préfère cela. Après tout, vous avez bien d'autres moyens à votre disposition. Je pense notamment aux goûteurs. Eux sont dans un rapport bien moins jouissif avec la nourriture que les chefs, mais certainement plus philosophique, je dirais même plus tragique. Pensez-y !

Et sur ce, le chef s'éloigne à grandes enjambées et sort de la pièce.

Acte V, scène 2

Scène 2

Le comte seul puis avec le goûteur

— Un rapport plus philosophique ! Pourquoi ne pas investiguer la chose ?

Il se met à marcher du fauteuil à la fenêtre, puis de la fenêtre au fauteuil et soudain se frappe la tête, traversé par une idée :

— Mais oui ! Comment n'y ai-je pas pensé plus tôt ? L'écume de la folie ! C'est de là que tout part. L'écume est le point culminant du désir. Ce goûteur qui me fait tourner la tête a peut-être des solutions.

Il secoue la clochette frénétiquement. Firmin entre dans la pièce précipitamment.

— Oui Monsieur ?

— Veuillez aller chercher le goûteur.

— Bien Monsieur.

Firmin sort.

— Si les goûteurs sont plus philosophes que les chefs, alors l'idée que je viens d'avoir devrait se frayer un chemin jusque dans l'esprit de mon goûteur. Après tout, il m'a semblé d'un grand degré de maturité intellectuelle.

Il fait les cent pas jusqu'à l'arrivée du goûteur.

Acte V, scène 2

— Vous voulez me voir ?
— Absolument, et pour une chose importante. Voilà. Je sors d'un entretien avec le chef. Et cela m'a donné l'idée de vous parler d'un sujet qui pourrait vous intéresser.
— Et de quoi s'agit-il ?
— Nous avons discuté de cuisine bien sûr, mais en rapport avec la fin de vie.
— La fin de vie ? Que voulez-vous dire ?
— Je pense à ceux qui veulent partir avec les papilles comblées et l'estomac bien rempli.
— Beaucoup font ce choix parfois inconscient de manger pendant des années sans aucune attention à l'aspect nutritionnel. Ils se bourrent de malbouffe et un jour, ils découvrent qu'ils ont un mal incurable.
— Je ne parle pas de cela. Mais de ceux qui décident, d'un seul coup, de mettre un terme à l'absurdité de leur vie en se ménageant une dernière coquetterie, celle de profiter jusqu'au bout des bienfaits de la cuisine.
— En fait, vous parlez de ceux qui n'ont absolument pas besoin de goûteur. Avec ces gens, je perdrais mon emploi tout de suite.
— Pas avec moi toutefois.
— Que voulez-vous dire ? Vous ne pensez pas expérimenter …

Acte V, scène 2

— Et pourquoi pas ? Avec notre jeu, on flirte avec tout cela. On en est même tout près. Il s'agit juste de mettre un goût à tout cela, un peu comme on transforme les films noir et blanc en version technicolor.

— Vous croyez que c'est facile ?

— Pour quelqu'un de votre imagination, je ne vois aucun obstacle susceptible de vous arrêter.

— Vous êtes bien bon mais ce n'est pas en me flattant ainsi que vous arriverez quelque part.

— Je veux juste un léger changement de cap dans notre roulette culinaire.

— Expliquez-vous donc !

— Tout d'abord, je veux accorder une priorité à la satisfaction des papilles gustatives. On les a peut-être trop oubliées, et par ma faute je dois dire.

— Cela ne saurait en effet être un obstacle, bien que je ne sois pas vraiment un spécialiste. Mais je pourrais certainement agrémenter de quelques douceurs le régime spartiate que nous avons commencé.

— Parfait. Voilà ce que j'attendais de votre part. Je vous en remercie.

— Mais vous avez un autre point à satisfaire ?

— C'est exact. Celui-ci est plus difficile à expliquer car il touche à la lisière qui sépare le jour de la nuit.

— Des métaphores ?

Acte V, scène 2

— Oui, je trouve qu'elles vont bien dans le contexte. Alors voilà. Où en sommes-nous de la roulette ? Combien de coups nous reste-il ?

— Nous avons déjà passé les deux premiers niveaux sensuels et nous avons toujours un bon moral. On va donc continuer l'exploration gustative.

— Très bien. Alors il faut parler du changement de cap.

— Je vous écoute.

— Jusqu'à maintenant, on cherchait un brin de folie, un degré d'exagération hors du commun. Et on était sur la bonne voie, avec ce léger picotement du désir. Mais il faut y ajouter l'attrait du goût et la possibilité du grand saut.

— Comment vous dites cela, vous !

— Je comprends que vous soyez anxieux. Mais ne vous en faites pas. Quoi qu'il arrive, vous serez exonéré complètement. J'ai pris toutes les dispositions pour cela.

— Je ne vois vraiment pas comment cela pourrait être.

— Vous pouvez lire si vous voulez.

Et il lui donne une enveloppe que le goûteur ouvre et lit en silence un moment puis articule :

— Mon Dieu ! J'étais loin de m'imaginer…

Il regarde le comte dans les yeux puis continue sa lecture : tout en marmonnant de temps à autre des bribes éparses.

Acte V, scène 2

- ... depuis peu une maladie incurable ... plus que quelques mois à vivre ... j'ai décidé en pleine possession de mes facultés de quitter ce monde et ... sans l'aide de personne ...

Le goûteur le regarde hébété. Le comte dit :

- Vous me pardonnerez ce petit mensonge. Car à un certain moment, vous aurez probablement à me fournir une petite aide, un tout petit coup de pouce.

Le goûteur se tait, en baissant la tête.

- Vous comprendrez aisément pourquoi donc, vu les circonstances, je veux ajouter un peu de piment et vous êtes la personne idéale avec votre roulette culinaire. Aussi, je veux continuer notre jeu en lui donnant un autre objectif.
- Je vais réfléchir à ce que vous me dites.

Le comte sort.

Scène 3

Goûteur / Firmin

Firmin entre avec un petit arrosoir à la main. Il se met à arroser les fleurs du salon en sifflotant légèrement et en se parlant à lui-même.

— Voilà la tasse de monsieur le comte. Ne pas oublier de la retourner le haut en bas. Et la cuillère dans la pochette en plastique, ici près de la serviette.

Soudain, il aperçoit le goûteur.

— Oh, pardon monsieur. Je ne vous avais pas vu.

— Je vois que vous avez un protocole minutieux à suivre.

— Oui, c'est pour tout ce qui touche à l'hygiène buccale.

— C'est bien ce que je comprends et j'approuve tout à fait.

Une clochette sonne dans le lointain, appelant Firmin qui quitte la pièce alors que le comte entre.

— Ah ! Vous êtes là !

— Je viens juste d'arriver.

— Parfait. Sans doute pouvons-nous reprendre notre discussion où nous l'avions laissée.

— Oui, bien sûr. J'ai réfléchi à ce que vous m'aviez dit. Cependant, je ne suis pas très sûr de la façon d'entrer en matière.

Acte V, scène 3

- Vous devez simplement transformer un jeu, votre jeu, en une tragi-comédie.
- Alors si c'est comme cela que vous prenez la chose, je pense qu'il faut plutôt l'appeler comi-tragédie.
- Fort bien vu. J'approuve tout à fait et vois, à votre remarque, que vous avez saisi l'essence de ce dont il s'agit.
- Ceci me permet d'envisager pour vous une voie agréable et en pente douce qui vous évitera de vous rendre compte quand vous manquerez une marche.
- Joliment dit.

Le comte se détourne et avale quelque chose. Puis il reprend sa pose normale, une légère grimace sur les lèvres.

- Excusez-moi. Un léger malaise.
- Puis-je vous aider en quoi que ce soit ?
- Certes. Ce que j'attends de vous, c'est que vous agissiez vite. Vous comprenez pourquoi maintenant j'espère ?
- Je vais préparer la 3e épreuve du jeu. Je reviens dans peu de temps.

Il sort. Le comte se laisse tomber sur un fauteuil en poussant un soupir.

- Alors, tu n'es pas avec ton invité favori ?

Il se retourne et voit sa femme entrer. Il se lève.

- Ah, c'est toi ! Je ne t'avais pas vue. J'allais juste me reposer.

Acte V, scène 3

- Comment vont vos discussions gastronomiques ?
- C'est un bien grand mot. Le mot culinaire serait plus approprié.
- C'est bizarre ton intérêt soudain pour la cuisine.
- C'est faux. J'ai toujours été intéressé par l'art culinaire.
- Oui, mais pas à ce point. L'intensité et le sérieux que tu mets dans tes discussions, franchement je ne comprends pas où tu veux en venir.
- Tu peux mettre cela sur le compte de mon âge, sur celui de la maladie, ou simplement sur celui de quelqu'un de curieux, tu as le choix.
- Tu évites de me dire la vérité.
- Eh bien, peut-être verras-tu bientôt ce que tu ne peux voir maintenant. Tu m'excuseras, mais je dois m'absenter un instant.

Il sort. Madame agite la sonnette et Firmin arrive rapidement.

- Firmin, je voulais vous demander quelque chose. Comment a réagi notre invité depuis que vous lui avez remis mon mot ?
- Mais Madame, je vous ai déjà remis sa réponse.
- Oui, mais je voulais savoir si, depuis, vous aviez remarqué quelque chose de différent, de bizarre dans son attitude.

Acte V, scène 3

— Pas vraiment, outre qu'il a demandé si vous agissiez avec les autres invités comme vous l'avez fait avec lui.

— Oh, je vois. Mais … le voyez-vous rêveur, préoccupé de temps en temps ?

— Préoccupé, oui. Car monsieur le comte l'accapare beaucoup et le sollicite en permanence.

— Mais au sujet de quoi ?

— Je ne saurais trop vous dire sauf qu'ils parlent de nourriture.

— Cela est tout de même curieux. Et rien d'anormal à signaler ?

— Franchement, c'est tout ce que je peux vous dire. Madame a-t-elle besoin de quelque chose ?

— Non, merci Firmin. Ce sera tout pour le moment.

Firmin se retire.

Scène 4

La comtesse puis le goûteur

Alors que la comtesse s'assoit dans un fauteuil, le goûteur entre dans la pièce.

- Ah, je suis bien aise de vous voir. Je tenais à corriger l'impression qu'a dû vous laisser notre dernière rencontre avec mon mari. Elle m'a été très pénible.
- Vous voulez parler de l'analyse gustative de certains mets ?
- Ne vous donnez pas tant de peine à éviter les mots qui choquent. On parlait de testicules de taureau, ces fameuses huîtres du Colorado.
- Ce qui est assez peu courant en gastronomie. Quant à leur saveur culinaire, …
- Il n'est nul besoin d'en parler. Sachez que je suis outrée par le sans-gêne de mon mari à aborder un tel sujet. Ne croyez pas qu'il était le moins du monde intéressé par le sujet.
- Mais alors pourquoi ?
- Il a amené ce sujet pour deux raisons : une, parce qu'il aime, chaque fois qu'il peut, se vautrer dans la fange, en essayant de choquer ceux qui sont autour de lui, et deux, parce qu'il sait que je déteste cela et il le fait pour m'indisposer.

Acte V, scène 4

— Je dois vous avouer que je l'ai trouvé un peu trop enjoué, avec parfois un manque de naturel évident.
— Oui, il se force à cela pour gêner les autres. Il cherche à se venger de moi.
— Il aurait donc des raisons pour cela ?
— Les raisons qui sont celles de tous les couples avec au moins 20 ans de mariage. Rien de plus.
— J'ai quand même l'impression que votre mari se pose beaucoup de questions existentielles.
— Il n'y a rien de vraiment étonnant à cela car toute personne normale doit en passer par là à son âge.
— Je crois cependant qu'il est à un moment crucial, à une croisée de son existence.
— N'en dites pas plus. Il m'a trop fait souffrir pour que je m'apitoie sur son sort. Comme il l'a dit lui-même, en vrai macho qu'il est, j'aurais une tendance à confondre les vachettes et les taureaux. Ah ! Je le déteste ! Mais laissons là ce sujet.
— C'est peut-être mieux.
— Parlons plutôt d'aubépines.
— Vous voulez dire d'épines ?
— Les deux sont si intimement liées !
— Qui aime les unes doit aussi accepter les autres.
— Les fleurs blanches, parfois légèrement rosées, les fruits rouge vif, les …

— … rameaux verts, sur lesquels se trouvent les épines, tout cela en fait un arbuste fascinant.

— Un peu comme la rose, si belle malgré ses épines. Mais pour moi, je préfère la glycine. Vous souvenez-vous ?

Ce faisant, elle entrouvre son châle, découvrant ainsi le rameau de glycine. Elle détache une partie du rameau qu'elle accroche au revers de la veste du goûteur.

— Bien sûr que je me souviens.

Il prend le bout de rameau qu'il hume longuement en regardant la femme. Lentement, elle se détourne de lui et sort.

Acte V, scène 5

Scène 5

Le goûteur puis le comte

Le comte entre dans la pièce, un verre à la main.

- Me voilà !
- Ah ! Très bien. Comment vous sentez-vous ?
- Bien mieux que tout à l'heure. Je pense que l'olive que j'ai avalée m'a affecté mais cela est passé maintenant. Oh ! Mon verre est vide. Excusez-moi.

Il va se servir une rasade de porto.

- Qu'est-ce que vous nous avez donc concocté ?
- J'ai décidé de faire une roulette sensuelle.
- Expliquez-vous !
- Nous allons passer en revue les cinq sens, l'un après l'autre : nous avons commencé par le goût, avec l'olive notamment. Maintenant, nous allons continuer par le toucher.
- Le toucher ?
- Bien sûr. Après le toucher, on fera l'odorat.
- Très bien.
- On peut même aller beaucoup plus loin que les cinq sens. Vous savez par exemple que Proust inclut même

Acte V, scène 5

le sens de l'équilibre dans son chef d'œuvre *À la Recherche du temps perdu.*

— Très intéressant. Mais le toucher ne risque-t-il pas d'être un peu … disons … un peu rudimentaire, voire insuffisant ?

— Ne vous inquiétez pas de cela. Dans l'état qui sera le vôtre, vous serez assez accaparé avec vos sens déjà sollicités.

— On peut continuer les plaisirs de la bouche ?

— Absolument. D'autant que le goût est très souvent le sens qui éveille notre inconscient. Pensez à la madeleine.

Ce disant, le goûteur exhibe une brindille qu'il tient par la branche centrale et qu'il agite devant les yeux du comte.

— Revenons au toucher. Cette plante s'appelle la reine des poisons. Elle appartient à l'espèce Aconitum napellus, extrêmement toxique. Regardez-la sur cette photo.

— Elle est très belle. Qui pourrait penser qu'elle est si nuisible ?

— Oui, mais elle est aussi appelée le tue-loups. Sachez qu'un simple contact peut entraîner, notamment chez les enfants, une défaillance cardiaque car elle contient de l'aconitine, un puissant neurotoxique. Touchez donc ces quelques feuilles !

Le comte avance lentement la main mais la retire tout soudain. Il vide son verre de porto d'un trait.

— Ce que vous venez de dire ne m'incite pas à …

Acte V, scène 5

- N'ayez crainte, j'ai conditionné ces feuilles qui ne peuvent avoir qu'un effet dérangeant limité. Vous vous rappelez, Mithridate ? Tenez, regardez !
- Et il passe sa main sur les feuilles, puis en saisit une qu'il coupe et froisse entre ses doigts.
- Il faut bien sûr s'attendre à quelques désagréments. Mais cela fait partie de notre jeu, n'est-ce pas ?
- Oui, bien sûr.

Et le comte, à son tour, froisse une feuille entre ses doigts.

- Il n'y a plus qu'à attendre. Vous sentirez des sensations de démangeaison de plus en plus fortes, un peu comme celles de l'ortie, mais si lentement que vous les apprécierez longtemps avant de vous en plaindre. Et maintenant, que voulez-vous ?
- Un peu de porto. Je vais me servir.
- Comme vous voulez. Toujours un peu méfiant, je vois.
- C'est une habitude.
- Qu'il faudra bien quitter un jour. Si vous voulez un peu de folie dans votre vie …
- Vous avez raison. Alors servez-moi !

Le goûteur sert le comte. Celui-ci boit aussitôt une longue gorgée.

- Cette marque de confiance que vous m'octroyez, est-elle celle de l'employeur pour son goûteur ou celle du disciple pour son maître ?

Acte V, scène 5

— Croyez ce que vous voulez mais sachez que … Peu importe ! J'ai la tête qui tourne un peu.

— Serait-ce l'effet du porto ?

— Que non ! Buvez donc un verre avec moi.

— Rappelez-vous que je ne goûte qu'à titre préventif !

— Oui, mais nous sommes entrés dans le vif du jeu, vous venez de me le dire. Et vous … vous en faites partie. Aussi, ne soyez donc pas si … si formel. Lâchez-vous un peu !

— Vous voulez donc que je ne sois plus simplement votre goûteur ?

— Exactement. Au point où nous en sommes, je pense qu'il est normal que notre relation évolue.

— Alors, reprenons notre échange oral spontané qu'on a laissé en plan.

— Bonne … idée.

— Je crois que votre femme m'aime.

— Tiens donc ! Vous croyez encore à l'amour ?

Le comte s'assoit.

— Si le mot vous semble trop fort, disons qu'elle s'est entichée de moi.

— Dans ce cas, vous feriez bien de faire attention. Oh ! … Je me sens mal !

— Restez assis.

Acte V, scène 5

— Elle est ... volage, je vous préviens. Elle m'a souvent trompé. Mais elle revient toujours vers moi. Je lui suis indispensable.

Le goûteur exhibe un flacon dont il dévisse lentement le bouchon. Le comte a yeux fermés, dodelinant de la tête.

— Je propose tout en continuant à se dire les quatre vérités de passer à la troisième étape.

— L'odorat ?

— Exactement. Ainsi vous cumulerez les effets de trois sens : le goût, le toucher et l'odorat.

— Je suis curieux de voir comment vous allez intégrer à tout ceci ... l'ouïe et la vue.

— Chaque chose en son temps. Vous êtes déjà sous l'influence de deux sens, et bientôt de trois. Leur effet cumulé va produire ce que vous attendez, l'accès à l'inconnu.

Il passe le flacon au-dessous du nez du comte.

— Sentez-moi cela.

Le comte hume lentement et longuement le flacon. Le goûteur lui présente un verre dans lequel il a subrepticement laissé tomber quelques gouttes.

— N'oublions pas de mêler à ce parfum, le goût du nectar.

Il lui présente le verre que le comte boit lentement.

— Les parfums, les touchers, les saveurs se répondent ! Ah, mon Dieu ! Je me sens partir.

Acte V, scène 5

— C'est normal. L'effet de ce parfum est très fort. En fait, c'est un bon moyen de parvenir à vos fins, vous savez, faire le grand saut, sans s'en apercevoir, sans manquer la dernière marche.

Le comte continue à respirer à pleins poumons et commence à tourner sur lui-même comme s'il dansait une valse, en levant les deux bras en l'air, et se met à marmonner des bribes de phrase.

— Manquer ou ne pas manquer la dernière marche ! Oui, tout est là !

Puis il enlace le goûteur et commence à valser avec lui en lui susurrant à l'oreille :

— Oh oui, manquer la marche mais sans trébucher, accéder à l'inconnu sans même sans apercevoir. Quel bonheur ! Vivre, c'est savoir mourir ! C'est savoir mourir en souriant, c'est se détacher de la femme si l'on peut, c'est viser ailleurs, c'est …

Il embrasse le goûteur sur la joue et continue :

— Merci à toi. Tu m'as comblé. Tu es mon magicien. J'attends encore le charme de la musique et l'éblouissement du kaléidoscope mais déjà je vois et j'entends, et je suis ici et je suis ailleurs. Et là, je t'attendrai pour finir notre roulette russe, j'y tiens.

Il s'écroule dans les bras du goûteur, mort.